JN136337

カフカ ショートセレクション

雑種

酒寄進一 訳　ヨシタケ シンスケ 絵

理論社

出発 5
夢(ゆめ) 9
判決(はんけつ) ある物語 15
皇帝(こうてい)の使者 41
田舎医者(いなかいしゃ) 45
独楽(こま) 63
家父の気がかり 67
流刑地(るけいち)にて 71

館を防衛する光景 131
橋 141
雑種 145
断食芸人 151
ハゲタカ 173
ある学会報告 177
掟の前 199
訳者あとがき 204

出発

Der Aufbruch

おれは馬小屋から馬を引きだせと命じた。使用人はいうことをきかなかった。だから自分で馬小屋へ行き、馬に鞍をつけてうちまたがった。

遠くでラッパの音が聞こえた。あれはなんの合図だ、ときくと、使用人は知らないという。まったくどういう耳をしているんだ。

門のところで、使用人はおれを引きとめてたずねた。

「馬に乗ってどこへ行くんですか、だんなさま」

「知るもんか。ただここから離れるだけ。ここから離れるだけだ。どんどん離れる。そうすれば、おれは目的をはたせる」

「では、旅の目的がわかっていらっしゃるんですね？」

「そうとも。いったじゃないか。ここから離れる、と。それが目的だ」

「食べものをもっていらっしゃらないじゃないですか」

「そんなもの、いるもんか。旅は長い。途中、なにも手に入らなければ、死ぬだけだ。食べものなどもっていってもなんにもならない。とにかく想像を絶する旅だ。うれしいかぎりだよ」

ゆめ

夢

Ein Traum

ヨーゼフ・Kは夢を見た。

うららかな日和だった。Kは散歩をすることにした。二歩あるいたかと思ったら、墓地にいた。曲がりくねって歩きづらそうな人工の道が何本も伸びている。そんな道の一本を、しぶきをあげる川の上をひたすらたゆたうようにすべっていく。

遠くに作られたばかりの土まんじゅうが目に入って、そこで止まることにした。なぜかその土まんじゅうにひかれた。そこにはすぐ着けそうに思った。その土まんじゅうがときどき見えなくなる。勢いよくはためく旗に視界をさえぎられるからだ。旗持ちの姿はないが、しきりに歓声があがっているようだ。

遠くにばかり目を向けていたが、ふと気づくと、おなじような土まんじゅうがすぐそばの道ばたにあった。かと思うと、みるみる通りすぎそうになった。Kは急いで草むらに身をひるがえした。けりあげた足の下を道がそのまますべっていったため、体勢をくずして、土まんじゅうの真ん前にひざをついた。

墓のうしろには男がふたり立っていて、墓石をもちあげている。Kを見るなり、ふたりはその墓石を地面につきさした。墓石はコンクリートづけされたようにしっかり立った。

すると、やぶから三人目の男がでてきた。すぐに芸術家だとわかった。男が身に着けているのはボタンをとめまちがえたシャツとズボンだけで、頭にはビロードのキャップをかぶっている。手にはふつうの鉛筆をもっていて、近づくうちからもう宙になにやら書きだしていた。

男は鉛筆を墓石の上にあてがった。墓石は高かったので、かがみこむ必要はなかったが、それでも腰をまげざるをえなかった。男は土まんじゅうに足をのせようとしなかったので、墓石と距離があったのだ。男はつま先立ちになり、左手を墓石の表面についた。ただの鉛筆なのにじつに巧みな筆さばきで金文字が書かれていく。

「ここに眠る」

ひと文字ひと文字、くせがなく、美しかった。深く彫りこまれ、金色にかがやいている。そこまで書いたとき、男はKをふりかえった。

つづきが気になっていたKは、男にほとんど目もくれず、墓石ばかり見ていた。

男は書きつづけようとしたが、すぐに鉛筆をとめた。なにか引っかかりがあるようだ。鉛筆を置くと、またしてもKのほうをふりかえった。Kもその芸術家を見て、相手がすっかり困惑していることに気づいた。しかし理由がいえずにいる。さきほどまでの元気がない。Kもまごついた。ふたりはおどおどと顔を見かわす。ひどい誤解があって、おたがいそれを解くことができずにいるようだった。

間のわるいことに、墓地にある礼拝堂の小さな鐘が鳴りだした。ところが、芸術家が手をふりあげると、鐘が静まった。しばらくしてまた鐘が鳴りだした。今度はとても小さく、節度をわきまえ、すぐに音がとぎれた。まるで響きをたしかめているような感じだ。

芸術家の立場を思うと切なくなって、Kは泣きだし、長いこと顔を手でおおってしゃくりあげた。

芸術家はKが落ち着くのを待ち、ほかにすることもないので、また文字を書きだした。そこに引かれたさいしょの小さな線を見て、Kは救われた思いがした。しかし芸術家はあきらかに気に入らないようだ。文字に美しさはなく、金色でもない。線の彫りは浅く、たよりなく、文字の大きさばかりがやけに目立った。それは「J」に見えた。ほぼ書き終わったところで、芸術家は腹を立て、片足で土まんじゅうを踏みつけた。土があたりに飛びちった。

ようやくKは合点した。あやまっている暇などもうないのだ。両手で地面を掘る。ほとんど抵抗もなく掘れてしまう。どうやらなにもかも準備されていたらしい。土くれは形ばかりに盛られているだけだった。その下には垂直にうがたれた大きな穴があった。

おだやかに流れるような動きでKは仰向けになり、穴に沈みこんだ。頭を起こした状態で、底なしの深みへとどんどん落ちていく。見ると、上では彼の名が堂々とした飾り文字で墓石にきざみつけられていく。

それをうっとり眺めているところで、彼は目を覚ました。

判決（はんけつ） ある物語

Das Urteil Eine Geschichte

Fにささぐ

日曜日の午前中、この上なくうるわしい春の日のことだった。年若い商人ゲオルク・ベンデマンは、二階の自室で机にむかっていた。自宅は川沿いにずらりと軒をつらねる家並みの一軒で、どの家も背が低く、簡素な作りだった。ちがうのは屋根の高さと壁の色くらいだ。彼は、外国にいる幼なじみに手紙をしたためたばかりで、もったいぶってゆっくり封をすると、机に片ひじをつき、窓の外を見た。川面、橋、新緑に萌えはじめた対岸の丘を。

彼は友のことを思った。家でくすぶっていることに、じくじたる思いを抱いた友は数年前、文字通り逃げるようにしてロシアへ旅立った。サンクトペテルブルグにかまえた店は、はじめこそ順調だったものの、だいぶ前から商売に行きづまっているらしい。なかなか帰郷することができないとこぼしている。けっきょく異国であくせく働いただけということだ。顔一面の異様なひげは、子ども時代から見慣れた顔には似合わず、皮膚の黄変はなにか病気の進行を暗示しているように思えてしかたがない。友にいわせると、そこに定住した同郷の人々とは馬が合わず、かといって土地の人たちともほとんど没交渉で、独身をつらぬく覚悟を決めたという。

こういう男になにを書いたらいいのだろう。あきらかに道を踏みあやまった男だ。気の毒だが、救いの手はさしのべられない。家にもどってこいというのか。生活の基盤をこちらへ移し、仲間たちと旧交を温めればいいと勧めるのか――それはかまわないが――。そしてついでに、仲間を頼ればいいと耳打ちするか。

しかしそう思いやっても、あいつを傷つけるだけかもしれない。これまでの試みは失敗に終わったんだ。見切りをつけろよ。こっちへ帰ってくれば、みじめな姿をみんなにさらすしかないだろう。理解してくれるのは友人くらいかもしれない。でも年をくった子どものようなものなんだから、こっちで成功した仲間をだまって見習うことだ。そう告げるのに等しいではないか。そんなことをしてもあいつを苦しめるだけで、なんにもならないのではないだろうか。そもそもあいつを家につれもどすこと自体がむずかしいだろう。——故郷の事情にすっかり疎くなってしまった、とあいつは自分でいっている——。だから意地でも異郷にとどまり、大きなお世話だと腹を立て、友人たちともますます距離を置いている。かりに忠告にしたがって帰ってきたらどうなるだろう。——そんなつもりはなくても諸般の事情というやつで——気持ちがすさみ、仲間がいようがいまいが、あのまま異郷にとどまったほうがましだったということにならないだろうか。考えれば考えるほど、あいつはこちらではうまくやれそうにない。

というわけで、手紙のやりとりをつづけたい気持ちはやまやまだが、ただの知り合いに遠慮なく書けるような話題すらふることができなくなっていた。友はもう三年以上故郷にもどっていない。ロシアの政情が不安定なのでしかたがないという。しがない店主の身では一時も店を留守にするわけにいかないというのだ。何十万人ものロシア人が平気で世界を歩きまわっているというのに。

ところで、この三年のあいだに、ゲオルクの身のまわりではいろいろなことが起こっていた。二年ほど前に母が死に、それ以来、老いた父と同居している。そのことを友はどこかで聞き知ったらしく、悔やみの手紙を書いてよこしたことがある。だが、そのそっけない文面といったらない。異郷にいると、こうしたことへ悲しみの情も湧かなくなるものらしい。

ゲオルクはその頃から、なにごとにも全身全霊で打ちこむようになった。仕事も例外ではない。母が生きていた頃は、本気で仕事をする気になれなかった。原因はおそらく父にある。父は自分の考えを押しとおしてばかりいたからだ。その父もつれあいに先立たれてからは、あいかわらず働いてはいても、仕事にそれほど口をださなくなった。それがよかったのかもしれない。また――えてしてそういうものだが――幸運な偶然が重なったおかげともいえそうだ。とにかく商売はこの二年で思いのほか繁盛し、従業員は二倍、売り上げは五倍となり、この先さらなる発展が見こまれている。

しかし友のほうは、こうした変化をまったく知らずにいる。以前、たしか例の悔やみの手紙で書いてきたのがさいごだったと思うが、ロシアに移住しろとゲオルクを説き伏せようとしたことがある。サンクトペテルブルグに支店をひらけば前途洋々だというのだが、そこにならべられた数字は、ゲオルクの現在の取引高に比べると、あまりにとるに足らないものだった。しかしゲオルクは、自分が左団扇であることを友に書く気になれなかった。いま頃になって教えたりすれば、よけいおかしく思われるだろう。

そんなわけでゲオルクはいつも、たわいないこと、のどかな日曜日にとりとめもなく思い描くようなことばかりを書いてきた。友が長く離れているあいだにふくらませ、だいじにしている故郷のイメージをこわしたくなかったからだ。どうでもいいような他人の婚約話を書いたのも、そうした事情からだ。ところが、間を置いて送った三通の手紙にくりかえし書いたものだから、意外にも友の興味をそそってしまった。

しかし、自分のことを打ち明けるくらいなら、そうしたたわいのない話を書きつづるほうがましだ。じつはゲオルク自身が一ヶ月前、フリーダ・ブランデンフェルトという裕福な家の娘と婚約していたのだ。ゲオルクは折にふれてロシアにいる友人のことを婚約者に話し、特別な文通がつづいていることを明かした。

「では、その方はわたしたちの結婚式に来てくれないのね」と彼女はいった。「でもわたし、あなたのお友達とのこらず知合いになりたいのに」

「あいつにむりをさせたくないんだ」ゲオルクは答えた。「いいかい、いえばあの男はきっと来る。すくなくともぼくはそう信じている。だけど、しぶしぶさ。やっかいなことだと思うはずだ。もしかしたらぼくをうらやみ、不満を抱き、気持ちの晴れないままひとりで帰ることになるだろう。たったひとりで——それがどういうことかわかるかい？」

「わかるわ。でもその方、別の形でわたしたちが結婚したことを耳にしたりしないかしら？」

「そのときはしかたないさ。だけど、あいつの暮らしぶりを考えたら、まずありえないだろうな」
「ゲオルク、そんなお友達がいるのなら、婚約なんてしなければよかったのに」
「そうだね。これはぼくたちふたりの責任だ。でも、いまさらどうしようもない」
それからゲオルクの接吻を浴びて、彼女は息をはずませながらいった。
「やっぱり会えないのはいやだわ」
ゲオルクは友に洗いざらい打ち明けてもだいじょうぶかもしれないと思いなおし、あるがままに受け入れてもらおうと自分にいいきかせた。いまの自分はあいつの友情にふさわしいとはいえない、これではいけない、と。
そして、この日曜日の午前中にしたためた長い手紙のなかで、婚約したことをつぎのように書いた。
「さいごにとっておきのニュースがある。フリーダ・ブランデンフェルトと婚約した。裕福な家の娘だ。きみがここを去ってだいぶたってから移り住んできたんだ。

だからきみはおそらく知らないはずだ。婚約者についてはいずれ詳しく書く機会もあるだろう。ぼくはとても幸せだ。今後もぼくらの友情に変わりはない。ただの友人が幸せな友人になったというちがいしかない。まあ、今回はこのくらいで勘弁してくれ。それから、婚約者がきみによろしくといっている。今度は自分できみに手紙を書くそうだ。これできみには、誠実な女友達がひとりできたことになる。独り身のきみにとってはなかなかいい話じゃないか。いろいろ事情があってもどってこられないことはわかっている。だけど、ぼくの結婚式は、万難を排する絶好の機会ではないだろうか？　まあ、それはともかく、遠慮はするな。よかれと思うことをしてくれ」

この手紙を手にして、ゲオルクは顔を窓に向けたまま、しばらく机の前にすわっていた。横丁を通りかかった知人にあいさつされたが、ゲオルクはぼんやり笑みを返しただけだった。

やがて手紙をポケットに入れると、部屋をでて、小さな廊下を横切って父の部屋に入った。そこに足を踏み入れるのは数ヶ月ぶりだ。必要に迫られなかったからだ。父とは絶えず店で顔を合わせるし、行きつけの食堂でいっしょに昼食をとることにしている。夜はお互い好きなようにすごす。ゲオルクはたいてい仲間で集まったり、婚約者を訪ねたりすることにしている。そうでないときは、しばらくのあいだ居間で互いに好きな新聞を読んですごすこともあった。

ゲオルクは、父の部屋が真っ暗だったので面食らった。日がさんさんとかがやく午前だというのに。狭い中庭のむこうにそびえている塀が、長い影を投げかけていたからだ。父は、亡くなった母の思い出の品を飾っているコーナーの窓辺にすわって、衰えた視力を補おうというのか、新聞をななめにかざして読んでいた。机の上には朝食ののこりがのっている。あまり手をつけていないようだ。

「ああ、ゲオルクか！」そういって、父は彼のほうへ歩いてきた。ずっしりしたガウンの前がはだけて、すそが足元にまとわりついた。——父さんはあいかわらず大きい、とゲオルクは思った。

「ここは暗くてかなわないね」彼はいった。
「ああ、たしかに暗い」父は答えた。
「窓までしめっぱなし？」
「そのほうがいいんだ」
「外はけっこう暖かいのに」前のことばにつけたすようにいうと、ゲオルクは腰を下ろした。
父は朝食の食器を片づけ、戸棚にのせた。
「ちょっと話があるんだ」老父のうごきをぼんやり見ながらいった。「婚約したことをサンクトペテルブルグへ知らせることにしたよ」手紙をポケットから少し引っぱりだして、すぐにもどした。
「サンクトペテルブルグへ？」父がたずねた。
「ほら、ぼくの友達」そういって、ゲオルクは父の目をうかがった。――店にいるときとずいぶんちがうなと思った。どっかとすわって腕組みをしている。

「ああ、おまえの友人な」父はことばに力をこめた。
「父さんも知っているだろう。婚約したことは内緒にしていた。気をつかったんだ。ただそれだけの理由。ほら、あいつ、気むずかしいから。そのうち人づてに婚約のことを耳にして、ぼくからは聞かされていなかったなんてことになるとね。まあ、人付き合いがわるい奴だから、その可能性は低いけど――こればかりはどうにもならない――」
「それで、気が変わったのか？」そうたずねると、父は窓枠に大判の新聞を置き、その上に眼鏡をのせて片手で押さえた。
「ああ、気が変わったんだ。親しい友達なんだから、ぼくの幸せな婚約をよろこんでくれると思う。だからもう迷わず知らせることにした。手紙を投函する前に父さんにそのことをいっておこうと思って」
「ゲオルク」そういって、父は歯のない口を引きむすんだ。「いいか、よく聞け！おまえはこのことでわたしに相談しにきた。それはいいことだ。まちがいない。しかし本当のことを洗いざらいいわんのなら、なんにもならんぞ。いや、もっとわるい。関係のないことでつべこべいう気はないんだ。だいじな母さんが死んでから、気に入らないことがいろいろあった。いずれそのことを問題にするときが来るだろう。意外と早く来るかもしれん。商売でも、わからないことが多々ある。隠しごとをしているわけではないだろうがな――隠しているなどと勘ぐりたくない――わたしも、もうろくしてきた。物忘れもひどい。すべてに目を光らせることなどできるものではない。こればかりは自然のなりゆきだ。それに母さんに死なれて、気落ちした。それはおまえの比ではない。――しかしこの件、つまり手紙のことが話題になったからいう。ゲオルク、わたしをだますな。ささいなことだ。たいした価値はない。だから、わたしをだますな。サンクトペテルブルグに本当にそんな友人がいるのか？」

ゲオルクは当惑して立ちあがった。

「話題を変えよう。千人の友人だって父さんには代えられない。いいかい、もっと自分をだいじにしてよ。年相応にしてくれないと。父さんはうちの商売のかなめだ。わかっているはずだろう。でも、商売が父さんの健康を損ねるなら、ぼくは明日にも店をたたむ。たたむしかないんだ。ぼくらは父さんのために別の生き方をするほかない。それも根本から別の生き方をね。こんな暗いところにすわっているなんて。居間なら明るいのに。朝食だってちょっと口をつけるだけ。それじゃあ、力がつかないだろう。窓はしめきり。外気を入れたほうが気持ちがいいのに。勘弁してよ、父さん！　医者をつれてくるから、いわれた通りにしようよ。部屋をとりかえよう。父さんは表の部屋に行って、ぼくがこっちに移る。生活が変わったりはしない。父さんの持ち物を全部うごかせばいいんだから。でもすぐにそこまではできないから、いまはベッドにすこし横になるといい。絶対に休んだほうがいい。ほら、服をぬぐ手伝いをしてあげる。それとも、いますぐ表の部屋に来るかい。なんならぼくのベッドで寝てもいい。そうだ、そのほうがいいかも」

ゲオルクは父のすぐそばに立った。父のぼさぼさの白髪頭が深くうなだれていた。

「ゲオルク」父はじっとしたまま小さな声でいった。

ゲオルクはすぐ父のそばにひざまずいた。父のくたびれた顔、異様に大きくひらいた瞳孔。父は横目でじろっとにらんでいた。

「おまえにはサンクトペテルブルグの友人などいない。おまえはむかしから調子がよくて、わたしのこともうまくいいくるめてきた。そして今度は、そんなところに友人がいるというのか！　まったく信じられん」

「よく考えてみてよ、父さん」そういって、ゲオルクは父を椅子から助け起こした。父はふらふらしている。ゲオルクはガウンをぬぐ手伝いをした。「かれこれ三年くらいになるかな。あいつがうちに訪ねてきたことがある。父さんはあいつのことがあまり気に入らなかったみたいだった。よく覚えているよ。だから二度ほどあいつが来ていることを父さんに隠した。じつはぼくの部屋に来ていたんだけどね。父さんがきらう気持ちはわかる。あいつは変わり者だからね。でもそのうち仲よくおしゃべりしていたじゃないか。父さんはあいつの話に耳をかたむけ、うなずき、質問をした。ぼくはうれしかったな。よく考えてごらんよ、思いだすから。あいつはあのとき、ロシアで革命が起こるなんていう途方もない話をしていたっけ。商用でキエフを訪ねたとき、暴動にでくわし、バルコニーに立った司祭が手のひらに血の十字架をきざんで、それをかざしながら群衆に呼びかけているのを見たといっていただろう。父さん自身がその話を方々で吹聴したじゃないか」

そのあいだにゲオルクは、父をうまいこと椅子にすわらせ、リネンのパンツの上にはいていたトリコット編みのズボンと靴下をそっとぬがした。お世辞にもきれいとはいえない下着を見て気がとがめた。父が下着をとり替えているか注意するのは息子のつとめだ。さて、父をこれからどうしたものか、婚約者と話し合ったことはないが、暗黙のうちに、父にはこの古い家にひとり住まいしてもらうのが当然と思いこんでいた。だがこのときゲオルクは、父を新居に引きとるほかないと思った。よく考えたら、新居で父の世話をしても遅きに失している気もしたが。

両腕で父を抱えてベッドへ運ぶ。ベッドへすこし歩を進めたとき、ゲオルクはぎょっとした。ゲオルクが胸にかけている時計の鎖を父がもてあそんでいたのだ。こんなにしっかり鎖をつかまれていたのでは、このまますぐベッドに寝かすことができない。

しかしベッドに寝ると、父は満足したのか、自分で毛布をかぶり、首まで引きあげた。ゲオルクを見あげる父のまなざしに不機嫌なようすはなかった。

「どうだい、彼のことを思いだした？」そうたずねて、ゲオルクは元気づけるようにうなずきかけた。

「毛布をうまく丸めこんだか？」父がきいた。足がちゃんと毛布にくるまっているか、わからないらしい。

「やっぱりベッドのなかがいいんだね」そういって、ゲオルクは毛布で父の体をくるみなおした。

「わたしをうまく丸めこんだか？」父がまたきいた。返事が気になるようだ。

「だいじょうぶ、うまく丸めこんだから」

「けしからん！」父はさけんだ。思った通りの返事だったのだ。父は毛布をはらいのけた。力任せにやったので、宙で一瞬ぱっとひろがった。父はベッドの上にすっくと立った。天井に軽く片手をついている。

「このガキめっ、このわたしを丸めこんだというんだな。いや、まだ丸めこまれちゃおらんぞ。老いたりといえども、おまえには負けん。おまえを負かすくらいの力はある。むろんあの男のことはよく知っているとも。わが子といってもいいほどだ。だからおまえはあの男を長年だましてきたんだ。図星だろう？　わたしがあの男のことで涙を流したことがないと思っているな？　だからおまえは、自分の書斎に閉じこもって、入室禁止、仕事中とかいって――そのじつロシアへ送るでたらめな手紙を書いているだけではないか。だがな、息子の本性見抜いたり。そんなこと、人さまに教えてもらう必要もない。父親をうまくだましおおせたと思っているだろう。だまして、尻の下にしいた。もう身うごきできまいと、そう思ったな。だから、わが息子殿は結婚に踏み切ったというわけだ！」

ゲオルクは阿修羅のごとき父をあおぎ見た。サンクトペテルブルグの友、父が突然よく知っているといいだしたあいつのことが、いままでになく気にかかった。広大なロシアで途方に暮れている姿が目に浮かぶ。略奪にあって、なにもない店。その戸口にたたずむ友。棚の残骸、ずたずたにされた商品、垂れさがったガス灯のアーム。そういうものに囲まれてかろうじて立っている。なにもあんな遠くまで行くことはなかったのに！

「おい、こっちを見ろ！」父がさけんだ。ゲオルクはほとんど放心状態でベッドへ向かった。だが途中で足が止まった。

「あの娘、スカートをめくって見せたんだろう」父は甘ったるい声をだした。「スカートをめくったんだ、あばずれめ」そして、実演しようと、寝間着をまくりあげた。戦争のときに受けたという太股の傷があらわになった。「あの娘がスカートをこうやって、ほら、こうやってめくったものだから、おまえはあの娘にほの字。あの娘と水入らずでしっぽり行きたいものだから、おまえは母さんの思い出をだいなしにして、友人をうらぎり、父親をベッドに押しこんだ。父親が身うごきできないようにな。うごけるか、うごけぬか、ほら、よく見ろ」

そして父はすっと立ち、足をけりあげ、恍惚とした。

ゲオルクは部屋のすみに立っていた。父からできるだけ離れようとして。ずいぶんと前のことだが、なにごともしっかり見きわめようと固く決心をしたことがある。そうすれば道草などせず、背後や頭上から不意打ちをくらうこともないだろうと思ったのだ。長らく失念していたその決心が、いままた脳裏によみがえり、よみがえったそばから、また消えた。針穴にせっかく糸を通してみても、糸が短かすぎて抜けてしまったというわけだ。

「だがおまえの友人だって、だまされていたわけではないぞ！」父はさけび、人さし指を立てて左右にゆらした。「かくゆうわが輩は、この町で彼の代理人をしていたのである」

「とんだお笑い芸人だ！」ゲオルクはさけばずにいられなかった。手遅れなのはわかりつつ、まずいと思って口をつぐもうとして――目をむいた――なんと舌をかんでしまい、痛さに耐えかね、かがみこんだ。

「そうとも、茶番を演じて見せたんだ！　茶番！　うまいことばだ！　ほかにどんな慰めがおいぼれた男やもめの父親にあるというんだ？　いってみろ――答えるまでは、まぎれもないわたしの息子と認めてやるぞ――裏の部屋でろくでもない使用人に追いまわされ、老いさらばえたこの父に、ほかにどんな楽しみがあるというんだ？　そして息子はというと、意気揚々と世渡りし、わたしが手塩にかけた店をたたみ、おもしろおかしく生きていて、父親の前ではおつにすました紳士面！　わたしがおまえを愛していなかったとでもいうのか。わたしの種から生まれたおまえを？」

そろそろ力つきて前かがみになるぞ、とゲオルクは思った。「そのままころげ落ちれば、あの世行きだ」そんなことばが脳裏をかすめた。

父は前かがみになったが、ころげ落ちはしなかった。期待に反して、ゲオルクが近づかなかったので、父はまた体を起こした。
「そこにいるがいい。おまえなど用無しだ！　ここまでくる力があるのに、その気がないんだな。好きにするがいい。まったくおめでたい奴だ！　いまでも、おまえなんぞに負けるものか。ひとりだったら尻ごみしたかもしれんが、わたしには母さんの力添えがあるし、おまえの友人ともしっかり手を組んでいる。おまえの得意先リストだって、ほらこのとおり、ポケットに入っているんだからな！」
なんて往生際がわるいんだ、とゲオルクは思った。世間にいいふらせば、父は面目丸つぶれだ。だがそう思ったのは、つかのまのこと。彼は常日頃、なんでもすぐに忘れる質なのだ。
「婚約者と腕でも組んで、かかってこい！　あんな女、はいて捨ててやる。覚悟しろ！」
ゲオルクは、そんなことを信じられるかというように顔をしかめた。父はゲオルクのいる部屋のすみに向かってうなずいた。自分がいっていることこそ真実だといわんばかりに。

「まったくお笑いぐさもいいところだ。婚約したことを友人に知らせるべきか相談にくるとはな。あの男はすべて知っているぞ、ぼけなす。なにもかも知っているのさ！　わたしがあの男に手紙を書いていたんだよ。筆記具をとりあげずにおいたのが運のつき。だからあの男はもう何年も帰ってこないんだ。おまえのことなら、あの男のほうが百倍詳しい。おまえの手紙を読まずに左手でにぎりつぶしながら、右手でわたしの手紙を読むという寸法さ！」

父は浮かれて、片腕をふりあげ、「あの男は一千倍も詳しいのさ！」とさけんだ。

「それをいうなら、一万倍といったらどうです！」ゲオルクは父を茶化すつもりだったが、そのことばは口のなかにあるうちから殺気を帯びていた。

「わしはもう何年も前から、おまえがこのことでいずれ相談に来るだろうと待っていたんだ！　親の心、子知らず。新聞だって、読んじゃいなかった。ほら、これ！」そういって、ゲオルクに新聞を投げてよこした。父はいつのまにか新聞紙を一枚ベッドにもちこんでいた。古新聞だ。名も知らぬ新聞だった。

「まったくぐずだな。いったいいつになったら独り立ちするんだ！　母さんは死んでしまった。よろこびの日を味わうこともなく。おまえの友人はロシアで落ちぶれて、三年前にはもう捨て鉢になっていた。そしてこのわたしはどうだ。おまえにも目はついているだろう！」

「つまり待ちかまえていたってわけか！」ゲオルクはさけんだ。

哀れむような顔をして、父は気の毒そうにいった。

「もっと早くいわんとなあ。いま頃いっても間が抜けているだけだ」

それから声をはりあげた。

「これでようやくまわりが見えただろう。これまでのおまえには自分のことしかなかった！　無邪気といえばいえなくもない。だがもっといってしまえば、おまえは悪魔のごとき人間だ！　だから、よく聞け。これよりおまえに溺死刑をいいわたす！　おぼれて死んじまえ」

ゲオルクは部屋から放逐されたような感覚を味わった。背後で父がベッドにくずおれた。どさっというその音が耳にのこった。階段をまるで斜面をすべるようにかけ下りて、部屋の朝の片づけに階段を上がろうとしていた家政婦に襲いかかる恰好になった。「きゃあ、イエスさま!」とさけんで、家政婦はエプロンで顔を隠したが、彼はすでにいなくなっていた。

門から飛びだすと、せきたてられるように車道を横切り、川まで走った。橋の欄干をぎゅっとにぎりしめる。飢えた者が食べ物に手をだすように。欄干を飛びこえる。体操の花形選手だったことをほうふつとさせる。おかげで若い頃は両親の自慢の息子だった。両手の力がしだいに抜けていくが、まだまだいける。欄干のあいだから乗合自動車が一台見えた。乗合自動車のエンジン音が、入水する音を容易にかき消すことだろう。

ゲオルクは小さな声でさけんだ。

「親愛なる父、母へ、あなた方を愛してやまなかったのに」

そして、落下した。

それでも橋では、往来(おうらい)の途切(とぎ)れることがなかった。

こうてい
皇帝の使者

Eine kaiserliche Botschaft

聞くところによると、一介の個人である取るに足らない臣民、皇帝の御光にあたれば小さくしぼみ、はてしなく遠いところへ追いやられてしまう影でしかない、そんなきみのところへ、皇帝が死の床から使者をつかわしたという。寝床のそばに使者をひざまずかせ、耳元でささやいた。そうとうだいじな話だったらしく、皇帝はいったことを復唱させ、うなずいてまちがいないことを認めた。

皇帝の面前には、その死を見守るべくたくさんの人々がつめかけていた。じゃまになる壁という壁がとりはらわれて、どこまでもつづく、高くのびる外階段に輪をつくるようにして帝国のえらい人たちが立っていた。

皇帝は使者を送りだした。使者はさっそく出立した。たくましく、疲れを知らない男だ。左右の手で群衆をかきわける。じゃまをする者には、使者のあかしである、胸にかがやく太陽の印をしめした。だれにもまねできないほどすいすい進んでいく。しかし群衆はおびただしく、彼らの住居もはてしがない。

ひらけたところに出れば、使者は飛ぶように走る。きみはすぐに戸をたたくありがたいノックの音を聞くことになりそうだ。

ところが、そううまくはいかなかった。使者はいたずらにもがいていた。行けども、行けども、宮殿の一番奥の部屋がつづく。どうやっても、そこからでられそうにない。たとえそれがうまくいったとしても、それで終わりではない。階段をけんめいにかけおりる必要がある。たとえそれがうまくいったとしても、それで終わりではない。今度は中庭をつぎつぎと横切らなければならない。そしてその先には第二の宮殿がとりまいている。ふたたび階段と中庭が待っている。そしてまた別の宮殿が。全部通り抜けるには数千年はかかる。

まあ、ありえないことだが、それでもついに外門からでられたとする。使者の目の前には、この世の中心にして、ごみごみとした帝都がひろがっている。ここを通りぬけることなど、何人にもできはしないだろう。しかも使いをだした当の本人はとっくに亡(な)くなっているはず。

それでもきみは、窓辺(まどべ)にこしかけて、日が暮(く)れるたびに、知らせが来るのを夢見(ゆめみ)ているんだろうな。

いなかいしゃ

田舎医者

Ein Landarzt

よわったぞ。一刻も早くでかけなければならないのに。十マイルも離れた村で患者がわたしを待っている。はげしい吹雪が、わたしと患者を遠ざける。馬車はある。軽くて、車輪が大きく、街道を行くにはおあつらえむきだ。

毛皮のコートにくるまり、往診カバンをもち、わたしは準備万端整えて、中庭にでていた。しかし馬がない、馬が。うちの馬は昨夜、このきびしい冬に酷使したせいで死んでしまった。うちのメイドが馬を貸してくれと近所にかけあっているが、貸してもらえる見こみはないだろう。わかっている。

どんどん雪が降りつもる。身うごきもままならず、わたしは途方に暮れていた。

門のところにメイドが姿をあらわした。たったひとり、ランタンを左右に振っている。こんな遠出に馬を貸してくれる者などいるわけがない。当然だ。

わたしはもう一度、中庭を見わたした。万事休す。腹立ちまぎれに、何年も使っていない豚小屋のこわれかけた戸をけとばした。そのせいで戸があいたり、しまったりした。

すると馬のものらしい温もりと体臭がそこからあふれでてきた。ロープにつるした家畜小屋用のランタンが、あわい光をはなって、ゆらゆらゆれている。低い間仕切りのなかに男がうずくまっていた。青い目の、くったくのない顔が見えた。

「馬をつなぎますかい？」男はよつんばいになってでてきて、たずねた。

わたしはなんといったらいいかわからず、小屋のなかが気になって、前かがみになった。メイドが横にやってきた。

「灯台もと暗しでしたね」メイドがいった。わたしたちは笑った。

「ほら行け、牡馬、やれ行け、牝馬！」男が声をはりあげた。

二頭ともとびきりたくましい。脚を折りまげ、ラクダのような形のいい首を垂らし、戸口いっぱいの大きな体をねじるようにしてでてきた。外にでるとすぐ馬は立ちあがった。脚がすらっと長い。全身から湯気をたてている。

「手伝ってやれ」わたしはいった。

さっそくメイドが馬具をわたしにいくと、男が彼女をつかまえて、自分の顔を彼女の顔に押しつけた。メイドは悲鳴をあげて、わたしのところに逃げもどった。メイドのほおにかまれた痕が赤くのこっていた。

「けだものめ」わたしは怒ってさけんだ。「ムチで打たれたいか？」

しかし相手は顔も知らない男だ。どこのだれかもわからない。村人がみな断ったのに、この男だけは馬を貸そうとしてくれている。わたしの考えがわかるのか、男は叱責など気にもとめず、馬の支度をしながら一度だけわたしのほうを向いた。

「お乗りなさい」男がそういった。

たしかに馬車の用意ができていた。こんなみごとな二頭立てででかけるのははじめてだ。よろこびいさんで、わたしは乗りこんだ。

「手綱は自分でにぎるからいい。きみは道を知らないだろうからな」わたしはいった。

「いいでしょう」男がいった。「あっしはいっしょに行かず、ローザと留守番をします」

「いやです」メイドのローザはそうさけぶなり、運命には逆らえないと思ったか、家にかけこんだ。ドアチェーンをかける音がした。カギをしめる音もした。廊下や部屋の明かりが消えるのが見えた。ローザは身を隠すつもりだ。

「いっしょに来たまえ」わたしは男にいった。「さもなければ、でかけるのはやめだ。それほど急用でもない。メイドを見捨ててでかけるつもりはない」

「行け！」男はいった。手をたたくと、馬車が走りだした。急流にのまれる流木さながらの勢いで。

男の体当たりで、わが家のドアがはじけとぶ音が聞こえたが、あまりのめまぐるしさにわたしの目も耳も麻痺してしまった。

しかしそれも一瞬のことだった。わが家の門の前に患者の家の中庭があるかのように、あっという間に到着していた。馬はおとなしくたたずんだ。
雪はやみ、あたりは月明かりに照らされている。患者の両親が家から走りでてきた。患者の姉もあとにつづいた。わたしは馬車から引っぱりだされた。みんな、口々にしゃべるので、わけがわからない。
患者の部屋に入ると、息がつまった。手入れをしていないのか、暖炉から煙がもれている。窓をあけなくては。だが、その前に患者を診よう。やせてはいるが、熱はない。平熱といっていいが、目はうつろだ。上半身裸の少年は羽毛布団をかぶったまま体を起こし、わたしの首にしがみついて、耳元でささやいた。
「先生、死にたいよ」
わたしはふりむいた。だれも聞いていない。両親はだまって身を乗りだし、わたしの診断を待っている。姉は往診カバンを置けるように椅子をもってきた。カバンをあけると、わたしは診察道具を手探りした。少年はあいかわらず寝床からわたしのほうに手をさしだしている。願いを聞きとどけてくれというのだ。ピンセットをとりだし、ろうそくの明かりに照らしてから、またカバンにもどした。

「まったく。この程度の患者に神々が救いの手をさしのべて、馬をよこすとは」わたしは神を冒涜した。「いくら急ぎだといっても、馬を一頭追加して、男までつけるなんて」

そのときローザのことが脳裏をかすめた。

どうしよう。どうやったら救えるだろう。どうやったらあの男からうばいかえせるだろう。十マイルも離れているうえ、馬車につないだ馬はいうことをきかない。あの二頭の馬め、いまごろ、革ひもをゆるめてくつろいでいるにちがいない。

するとどうだ、窓を外から押しあけて、二頭がそれぞれの窓から首をつっこんだ。悲鳴をあげる家族にかまわず、馬たちは患者を見つめた。

「すぐに帰ろう」と、わたしは思った。馬にせきたてられているような気がしたのだ。

けれど、姉が毛皮のコートをぬがしてくれたので、わたしはそのままじっとしていた。どうやら姉は、わたしが暑苦しくてもうろうとしていると思ったらしい。

それからラム酒がはこばれてきた。父親がわたしの肩をたたいた。とっておきをふるまうのは信頼のあかしというわけだ。わたしは首を横にふった。そういうことしか考えられない父親には反吐がでる。だからこそ、飲むのはおことわりだ。

母親は寝床のそばに立って、わたしを手招きした。馬が高らかにいななくのを聞きながら、わたしはその手招きにしたがって、少年の胸に耳をあてた。

やっぱりだ。わたしのひげがぬれていたので、少年は気持ちわるがっているが、いたって健康だ。すこし血色がわるく見えるのは、心配性の母親がコーヒーを飲ませすぎたせいだろう。とにかく健康そのもの、すぐさま寝床からたたきだしたほうがいい。いや、そんなお節介をしてどうする。わたしの柄じゃない。ほうっておくにかぎる。

わたしはこの地方に雇われた身で、しっかり義務を果たしている。むしろ働きすぎなくらいだ。給金はすくないが、まずしい人だって気前よく診てやっている。そのうえローザのことまで気にかけなければならない。

たしかに少年のいうとおりかもしれないな。わたしも死にたくなる。いつ終わるともしれないこの冬のさなかに、どうしろというんだ！　わたしの馬は死んでしまった。村の者はだれも馬を貸してくれない。だから馬車を引く家畜を豚小屋から引きだすしかなかった。あれが馬でなかったら、豚に引かせるほかなかっただろう。そういうことだ。わたしは一家の者たちにうなずいてみせた。この人たちのあずかり知らないことだ。教えたって、信じないだろう。処方箋を書くのは簡単だが、この人たちとわかりあうのはむずかしい。

さて、往診は終わり。まったく骨折り損のくたびれもうけだ。まあ、いつものことだがな。このあたりの連中ときたら、夜中の急患用呼び鈴を鳴らして、なにかというと、このわたしをこき使う。今回は、ローザまでとばっちりを受けた。あの美しいメイド、何年もわが家に住みこんでいたのに、わたしから目をかけられることがなかったローザ――これはあんまりだ。ここはなんとか冷静にならなくては。さもないと、この家族に食ってかかりそうだ。そんなことをしたって、ローザをとりもどすことなどできはしないのに。

わたしが往診カバンを閉じ、毛皮のコートをよこすように合図をすると、一家はひとかたまりになった。父親は手にもっているラム酒入りのコップをくんくんかいでいる。母親はわたしにがっかりしているようだ。そんなに期待されても困る――すると、目に涙を浮かべ、唇をかみしめた姉が、血に染まったハンカチをひらひらさせた。

これを見ては、少年はやはり患者だと認めるしかなさそうだ。そばへ行くと、少年は滋養にいいスープをありがとうとでもいうように、わたしに向かって笑みを浮かべた。――ああ、二頭の馬がいなないている。神さまが定めたとおり、騒げば、診察がしやすくなるとでもいうように――そして、たしかに少年の容体は重いとわかった。

右のわき腹、腰のあたりに掌くらいの大きさの傷口がぱっくりあいている。濃淡のあるバラ色で、奥の方は黒ずんでいて、傷口の縁は明るい色だ。そこに大小さまざまの粒になった血の塊がこびりついている。まるで露天掘りの炭鉱でも見ているようだ。

遠目にはそう見えたが、目を近づけてみると、これはひどい。思わずひゅうと口笛でも吹きたくなるほどだ。太さといい、長さといい、わたしの小指くらいある虫が傷口にうじゃうじゃむらがっている。色がバラ色なのは、元々なのか、血に染まったせいなのか。頭部は白く、たくさんの小さな脚がある。かわいそうに、もはや手のほどこしようがない。大きな傷口が見つかった。わき腹に咲くこの花は命取りになりそうだ。

一家はというと、わたしの診察にみとれている。姉は母親に話しかけ、母親は父親に、そして父親は数人の客を相手にそのことを話している。客たちはやじろべえよろしくバランスをとりながら、つま先立ちで月明かりのなかをやってきて、あけっぱなしの戸口から入ってきた。

「助けて」少年は泣きながらささやいた。傷口にうごめく虫に気づいてぎょっとしている。

これだから、このあたりの連中は困る。いつだって医者にむちゃなことをおしつける。むかしながらの信仰心など影をひそめ、司祭は家に閉じこもって、ミサ服を一枚また一枚とひきさくようなご時世なのに、医者なら手術できたえた手並みでなんでもやれると思っている。かってにしろ。わたしは、なんでもできるなどといった覚えはないぞ。司祭の代わりもつとめろというのか。ああ、いいとも。どうせわたしは老いぼれの田舎医者、メイドをうばわれた！

すると、この家の者と、いつのまにか集まった村の長老たちが、よってたかってわたしの服をぬがしはじめた。家の前には先生に引率された学校の合唱隊が立ち、なんともおそまつな歌をうたった。

裸にしちゃえ。そうすれば治すさ

治せないなら、殺しちゃえ！

どうせただの医者、ただの医者なのだから

とうとう裸にむかれてしまった。わたしはひげに指をさしいれ、上目がちにみんなを見た。あわてず、さわがず、どっかとかまえてみせたが、そうしたからといってどうなるものでもない。

連中はわたしの頭と足をつかんで、寝床に運びこんだ。傷口をふさごうとでもいうのか、わたしを少年の傷におしあてた。それからみんな、部屋からでていった。ドアがしまる。歌声がやみ、雲が月にかかった。

わたしは布団にくるまってぬくぬくした。

窓では馬の頭がふたつ、影のようにゆれていた。

「あのね」耳元で声がした。「ぼくは先生を信用しないよ。ここへは連れてこられただけでしょう。自分の足で来たわけじゃないもの。ぼくを助けるどころか、ぼくの死の床をきゅうくつにしてる。先生の目をほじくりだしちゃうぞ」
「たしかに」わたしはいった。「面目ない。それでも、わたしは医者だ。どうしろというんだね？　わたしだって弱っているんだ」
「あやまればすむと思ってるの？　まあ、大目に見るしかないよね。いつだってそうだ。ぼくはうつくしい傷を抱えてこの世に生まれてきた。これが、ぼくなのさ」
「きみ」わたしはいった。「了見が狭いのがきみの欠点だな。あちこちで、ありとあらゆる病室を見てきたわたしだからいえる。きみの傷はそんなにひどくない。斧で二度切りつけられると、斧のとがった刃先でちょうどそういう傷ができる。うかうかしていると、森のなかで斧の音がしているのを聞きのがし、斧がふりおろされるのに気づかないことがあるんだ」
「本当？　それとも、ぼくが熱にうなされてるから、そんなでまかせをいうの？」
「本当のことだ。医者のことばを信じなさい」
少年はうのみにして、静かになった。

つぎはわたしがここから逃げだす番だ。二頭の馬は元の場所でおとなしくしていた。衣服と毛皮のコートと往診カバンをかきあつめる。服を身につける時間も惜しい。来たときとおなじように馬が走ってくれれば、きっとこの寝床からわたしの寝床へ一足飛びだ。

馬が一頭、窓からすなおに首を引っこめた。

わたしは抱えていたものを馬車に投げた。毛皮のコートだけ遠くへ飛んで、そでがフックに引っかかった。まあ、なんとかなるだろう。

わたしは馬に飛びのった。見ると、革ひもが垂れさがっていて、二頭の馬はつなぎあわされていないも同然だ。

馬車はガタゴトついてくる。

さらにそのうしろでは、毛皮のコートが雪にまみれていた。

「走れ！」わたしはいった。

ところがどうだ、一向に速度が上がらない。まるで老人のようにとぼとぼと、雪の荒野を進む。

うしろでは長いこと歌が聞こえていた。別の歌だが、わけのわからない子どもの歌だった。

よろこべ、患者のみなさん
お医者が添い寝をしてくれた！

これではとても家に帰りつけないぞ。にぎわっている診療所をなくしたもおなじ。あとがまに横取りされる。だが、しょせんむだなことだ。代わりがつとまるはずがない。わが家はあのけがらわしい男に荒らされていることだろう。ローザもあいつの餌食になった。考えるのもいやだ。

老いぼれのわたしは、一糸まとわぬ姿で、喜びと無縁のこの時代のいてつく寒さにさらされて、この世の馬車とこの世のものならざる馬といっしょにあてもなくさまよう。毛皮のコートは馬車のうしろに引っかかったままだ。あいにく、わたしには手がとどかない。患者のなかには身が軽い者もいるのに、指一本うごかそうとしない。

だまされた！　だまされた！

用もないのに鳴らされた夜の呼び鈴を真に受けたりするから――こんな目にあう。

こま
独楽

Der Kreisel

ある哲学者が、あそんでいる子どもたちのまわりをうろちょろしていた。独楽を手にした少年を見つけると、さっそくじっと目をこらす。独楽がまわりだすと、哲学者はあとを追いかけてつかまえようとする。子どもたちはさわいで、おもちゃをとられまいとした。哲学者は気にもかけず、まわっているあいだに独楽をつかまえては悦に入った。だがそれもつかのまのこと。独楽を地面になげだして、立ち去ってしまう。

その哲学者は、回転する独楽のようなささいなものに普遍的なものを認識する道があると信じていた。だから大きな問題にとりくむのは不経済だと思っていた。ごくごく小さなものごとでも、それをしっかり認識すれば、すべてがわかる。だから回転する独楽にばかりこだわっていた。

そして独楽をまわす準備が整うたびに、今度こそうまくやってみせるぞと希望に胸をふくらませる。独楽がまわると、息せききって追いかけ、希望は確信へと変わる。

ところがそのつまらない木切れを手にして、不機嫌になる。そしてそれまで聞こえていなかった子どもたちのわめき声が突然、耳に入り、あわてた哲学者はぐらりとよろめく。へたくそな奴に鞭でたたかれた独楽のように。

家父の気がかり

Die Sorge des Hausvaters

聞くところによると、オドラデクという単語はスラヴ語からきているらしい。単語のつくりでわかるという。だが、元はドイツ語で、スラヴ語の影響を受けただけだという人もいる。あいにくどちらの説も信憑性が薄く、どちらも正解ではなさそうだ。というのも、どちらにせよ、この単語の意味があきらかにならないからだ。

もちろんこんな研究がおこなわれるのも、じっさいにオドラデクという名の生物が存在するからだ。そいつはひらたい星形の糸巻きのような形をしている。じっさい、糸が巻いてあるように見える。といっても、その糸は千切れていて、古くて、ごちゃごちゃとむすび目ができ、ぐちゃぐちゃとからみあっている。おまけに種類も色もまちまちだ。けれども、ただの糸巻きではない。星形の中心から横へ小さな棒がつきでていて、そこからまた直角に棒がのびている。そのさいごの棒と星形の突起部分を二本の脚のようにして、この生物は立っている。

むかしは、なにか意味のある形をしていて、いまはその成れの果てだと思う人もいるだろう。ところが、そうではないらしい。すくなくとも、そうだといえるだけの決め手がない。なにかが付着したところも、欠けたところも見当たらない。全体に意味不明だが、それなりにまとまっている。あいにくそれ以上のことはいえない。オドラデクはじつに敏捷で、とらえどころがないからだ。

居場所は屋根裏や階段や廊下や玄関とさまざまだ。たまに何か月も姿が見えないこともある。ほかの家に移り住んでしまったからだと思われる。だがこちらの思惑などおかまいなしに、まいもどってくる。たまに玄関をでると、そいつが階段の手すりによりかかっていることがあり、つい話しかけてみたくなることがある。もちろん難しい質問はしない。体が小さいこともあって、つい子どもあつかいしてしまう。

「名前は？」

「オドラデク」

「どこに住んでいるのかな?」

「住所不定」そういうと、そいつは笑う。ただし、息がつづかないのか、ふっと笑うだけだ。落ち葉がカサカサなるような感じだ。

たいてい、おしゃべりはこれでおしまいになるが、この程度の答えすらかえってこないこともある。まるで木のように長いことだまっていることもすくなくない。じっさい、木でできているように見えるし。

むだと知りつつ、こいつがこれからどうなるのか気がかりでしかたがない。死ぬこともあるんだろうか。死ぬものはなんであれ、生きているうちに目的をもち、活動するものだ。そうすれば、すりへりもするだろう。ところが、オドラデクにはそういうところがない。いつかわたしの子や孫にけられて、背後に糸をのこしながら階段をころがりおちることもあるんだろうか。こいつはどうやら人畜無害らしい。しかしこいつがわたしよりも長生きするかと思うと、ちょっと切ない。

流刑地にて

In der Strafkolonie

「どうですか、唯一無二のこの装置」将校は調査旅行者にそういうと、勝手知ったるその装置をほれぼれとながめた。

上官にたてつき、口答えした兵士が処刑されるので立ち会ってみるといいと司令官にいわれ、旅行者は、いやともいえずついてきたのだ。だが、今回の処刑への世間の関心はあまり高くないと見える。

そこは、草木の生えていない斜面にかこまれた深く小さな谷底の砂地だった。将校と旅行者以外は、頭髪もひげものび放題で、口ばかり大きい頭がわるそうな受刑者と兵士がひとりいるだけだ。兵士は重そうな鎖をもっている。その鎖には受刑者の首、手首、足首にくくりつけた小さな鎖がまとめてつなげてあった。ところで受刑者は、犬のように従順そうだ。あたりの斜面を自由にかけまわらせても、死刑執行のさいに笛を鳴らせば、きっともどってくるだろう。

旅行者はその装置にほとんど関心がもてず、受刑者のうしろで興味なさそうにうろうろしていた。そのあいだ将校は準備に余念がなかった。地面に固定された装置の下にもぐりこんだり、はしごをのぼって上の部分を調べたりしている。操作係にでもやらせておけばいいのに、熱心このうえない。その装置によほど心酔しているのか、ほかの者に任せられない事情があるようだ。

「準備完了！」ようやくそうさけんで、将校ははしごを下りてきた。疲れ切ったのか、はあはあ息をし、女物の薄いハンカチを二枚、軍服のえりに押しこんでいた。

「その軍服、熱帯には向きませんね」旅行者はいった。装置のことをたずねるだろうという将校の期待に反したことばだった。

「たしかに」そういうと、将校は油脂でよごれた両手をバケツの水で洗った。「しかし軍服は祖国も同然であります。祖国をないがしろにするわけにはまいりません。さて、この装置をご覧あれ」将校は布で手をふきながら装置を指さした。「ここまでは手作業でしたが、ここからは装置が自動的に作動します」

旅行者はうなずいて、将校のあとにつづいた。将校は途中で問題が生じたときのためか、こうことわった。

「むろんうまくうごかないことがあります。本日はうまくいくと思いますが、覚悟はしておかねばなりません。この装置は十二時間連続して作動するように作られています。なにか不具合があっても、ささいなものですむでしょう。すぐに対処する所存です」

「おかけになりませんか？」将校はそう声をかけ、籐椅子の山からひとつを引っぱりだして、旅行者にさしだした。

旅行者は断ることができず、穴のふちにすわって、ちらっとのぞきこんだ。それほど深くはない。掘りだした土が穴の一方に盛られていて、もう一方に装置がある。

「司令官はこの装置について説明されたでしょうか？」将校がたずねた。

旅行者は手を横にふった。将校には好都合だったらしい。みずから説明できるからだ。

「この装置は前任の司令官が発明されたものです」そういうと、将校はクランクシャフトをつかんで、それに体をあずけた。「本官ははじめから開発にかかわり、完成するまで参加しました。といっても、この発明の功績は、あの方ひとりに帰せられるでしょう。前任の司令官のことは耳にされていますか？　耳にされていない？　この流刑地の仕組み全体があの方の作りあげたものだといっても過言ではないです。あの方が亡くなられたとき、流刑地の仕組みは盤石で、後任の司令官がどんなに新しい計画を頭に描こうが、数年のあいだは仕組みを変えられないだろうと、あの方と道を同じくするわれわれは確信していました。予想は的中しました。新任の司令官は認めざるをえませんでした。前任の司令官をご存じないとは、返す返すも残念であります！　しかし」将校はそこでことばを切った。「おしゃべりがすぎましたな。これがあの方の装置です。ご覧のように三つの部分からなっています。いつの間にかあだ名がつきました。下部は〈寝床〉。上部は〈刻印機〉。そして真ん中にぶらさがっているのが〈馬鍬〉です」

「〈馬鍬〉？」旅行者はききかえした。話をろくに聞いていなかった。炎天下の谷で太陽にじりじり焼かれ、頭がもうろうとしていた。だから重そうな肩章と金モールで飾りたてた正式軍服に身を固め、熱く語りながら、ドライバーであちこちネジをしめる将校の姿には感心するほかなかった。

兵士も、旅行者とおなじように、もうろうとしていた。受刑者の鎖を両手首に巻いて片手を銃に置き、うなだれて、無関心を装っている。おどろくにはあたらない。将校がフランス語をしゃべっていたからだ。兵士も、受刑者も、フランス語を解さない。それなのに受刑者は、将校の説明についていこうとしているのだから変わっている。眠そうな目つきで、将校が指さしているところを見ている。そして将校が旅行者の質問で説明を中断されると、将校とおなじように受刑者も旅行者に視線を向けた。

「ええ、〈馬鍬〉です」将校はいった。「いいえて妙です。針のならびがまさに〈馬鍬〉そっくりでして、使い方も似ています。ただし、うごくのは一定の場所だけで、はるかに精巧ですが。実際にうごいているところを見れば、すぐおわかりになるでしょう。この〈寝床〉に受刑者は寝かされます。先に装置の説明をさせてください。そのあと一連の動作をお見せします。そうすれば、この装置のうごきがよくわかると思います。それから〈刻印機〉のなかの歯車がひとつ、ひどく摩耗していまして、うごかすとひどい音をたてるのです。そうなると、ことばがほとんど聞きとれなくなるという事情もありまして。さて、すでに申しあげたように、これが〈寝床〉です。全体が綿の敷物でおおわれています。その狙いはのちほど説明しましょう。受刑者はこの綿の敷物に腹ばいに寝かされます。もちろん裸でです。両手はここの革ひもでしっかり固定されます。両足はここ、首はここ。受刑者は腹ばいになります。〈寝床〉の顔があたるところには小さなフェルトの突起があります。これは口に入るように調整が可能です。悲鳴をあげたり、舌をかんだりしないようにするためです。もっともそうしないと革ひもにしめつけられて首の骨が折れてしまいますから、これをくわえるしかないのです」
「綿の敷物ですか？」そうたずねて、旅行者は前かがみになった。
「いかにも」将校は微笑みながらいった。「さわってみてください」旅行者の手をつかむと〈寝床〉へもっていった。「特製の敷物です。ですから、そこに敷物があるようには見えません。なにを目的にしているかは、のちほど説明します」
旅行者はすこし興味を抱き、目の上に手をかざして、その装置を見あげた。大きな構造物だ。〈寝床〉と〈刻印機〉はおなじくらいの大きさで、黒ずんだふたつの箱のようだ。〈刻印機〉は〈寝床〉の上二メートルのところにあり、両者は四すみにとりつけた四本の真鍮の支柱でつながっている。日の光で支柱がきらきらしている。このふたつの箱のあいだにワイヤーロープで〈馬鍬〉がぶらさがっていた。
旅行者が気のないようすでいるあいだ、将校は気にせずにふるまったが、関心を寄せはじめると目ざとかった。旅行者に気兼ねなく観察させるため、説明を控えた。受刑者も旅行者のまねをした。ただし手を目の上にかざすことができないので、目をしばたたきながら。

「その男はそこに寝かされるのですね？」旅行者は椅子にもたれて、足を組んだ。

「そうです」将校は軍帽をすこしうしろにずらして、ほてった顔を手でぬぐった。

「それではお聞きください！〈寝床〉と〈刻印機〉には電池が入っています。〈寝床〉は全体がうごき、〈刻印機〉は〈馬鍬〉をうごかします。その男をしっかりしばりつけると、〈寝床〉が作動し、上下左右に小きざみに振動します。サナトリウムに同様の装置があります。ただしこの〈寝床〉は正確に〈馬鍬〉のうごきと連動します。しかし〈馬鍬〉は判決内容でうごきが異なります」

「判決内容はどのようなものなのですか？」旅行者はたずねた。

「ご存じないのですか？」将校はおどろき、唇をかみしめた。「不手際をご容赦ください。以前は司令官がこうした説明をおこなっていたのです。しかし新任の司令官は、この栄誉ある職務を放棄しました。かくも高名な客人が来られたというのに」

旅行者は両手を前にだして、そんなことはないというそぶりをしたが、将校は意に介しなかった。

「かくも高名な客人にわれわれの判決の仕方についてお伝えしていないとは。こうした改革は……」呪いのことばを口にしそうになったが、将校は気をしっかりもってこういった。「本官には知らされていませんでした。ですから、わたしの罪ではありません。とはいえ、判決の仕方を説明する適任者となると、本官をおいてほかにいないでしょう。じつはここに」将校は胸ポケットをたたいた。「前任の司令官自身が描いた図案があります」

「司令官自身が描いた図案？」旅行者はたずねた。「そこまでワンマンだったのですか？　軍人にして、裁判官、設計者、化学者、図案家」

「そのとおりであります」将校はうなずいて、考えこむような硬いまなざしをした。それから自分の両手をしげしげと見て、図案集をつかむには清潔ではないと思ったか、バケツのところへ行って手を洗った。そのあと小ぶりの革製の書類ばさみをだした。「われわれの判決は過酷なものではありません。受刑者がないがしろにした掟を〈馬鍬〉で体にきざむのです。たとえばこの受刑者の場合」将校は男を指さした。「『上官を敬うべし』ときざまれます！」

旅行者はちらっと受刑者をうかがった。将校に指さされて、受刑者は頭を下げ、耳を皿のようにして聞いている。しかし、引きむすんだ分厚い唇のうごきを見るかぎり、なにもわかっていないようだ。いろいろききたいことはあったが、旅行者は男を見て、質問をひとつにしぼった。

「彼は自分の判決を知っているのですか？」

「いいえ」

将校は説明をつづけようとしたが、旅行者が先にたずねた。

「判決を知らないのですか？」

「ええ」将校は一瞬、ことばをつまらせ、旅行者がもっと詳しい根拠を求めているとわかったのか、こういった。「判決をいいわたしても意味がありません。身をもって知るのですから」

旅行者は押しだまった。受刑者に見られていることに気づいたからだ。こんなやり方に納得するのかと問いただされているような気がした。だから、椅子にもたれていた旅行者は身を乗りだして質問した。

「しかし有罪判決を受けたことは知っているのですよね？」

「それも知りません」そういうと、将校は旅行者に微笑みかけた。ほかにどんな変わった質問が飛びだすのか楽しみだとでもいうように。

「となると」そういって、旅行者は額をふいた。「申し開きが聞きとどけられたかどうかも知らないということですか？」

「そもそも申し開きの機会などありません」将校はひとり言でもいうように視線をそらした。わかりきったことを説明して、旅行者に恥をかかせるわけにいかないとでも思っているようだ。

「申し開きの機会を与えなければだめでしょう」そういうと、旅行者は椅子から立ちあがった。

将校は、装置の説明に思いのほか手間どりそうだと気づいた。そこで旅行者のそばへ行き、腕をとると、受刑者を指さした。自分が注目されていると知って、受刑者は直立不動の姿勢をとった。兵士も鎖を引いた。将校が口をひらいた。

「じつをいうと、本官はこの流刑地で裁判官をつとめています。若輩者ではありますが。前任の司令官の時代、本官は刑事事件全般を補佐していました。ですからこの装置を熟知しています。本官は『罪はつねに疑う余地がない』という原則にしたがっています。ほかの法廷ではこうはいかないでしょう。裁判官は複数制ですし、上告することもできますから。ここではその限りではありません。あるいは、すくなくとも前任の司令官の時代はちがっていました。ところが新任の司令官は本官の裁きをおもしろく思っていないのです。しかし、いまのところ盾突くことに成功していますし、これからもうまくやれるでしょう。あなたは今回の事件の説明を望まれましたが、ごくありきたりの事件なのです。けさ、ある大尉から訴えがありました。従卒になり、大尉の部屋の前で眠ることになったこの男が寝すごしてしまったというのです。従卒には一時間ごとに起きて、大尉の部屋の前で敬礼することが義務づけられています。むずかしくはありません。それでいて必要なことです。警護と身のまわりの世話は寝ぼけていては務まりませんから。大尉は昨夜、従卒が義務を果たしているかどうかたしかめようと思いたち、時計が未明の二時を打ったときにドアをあけ、従卒が背を丸めて眠りほうけているのを発見したのです。大尉は乗馬用のムチをとってきて従卒の顔を打ちました。ところが従卒は起きあがって、許しを乞うどころか、上官の足にしがみついてゆさぶり、『ムチを捨てないと、食い殺すぞ』とさけんだのです。これが事件のあらましです。大尉は一時間前に本官のところへ来ました。本官は訴えを書きとめ、すぐに判決を下しました。この男に鎖をかけさせましたが、なんの問題も起きませんでした。もしもこの男を呼びだし、とりしらべをしたら、面倒なことになっていたでしょう。この男は嘘をついたかもしれません。仮に本官がその嘘をあばいたとしても、また新たな嘘をならべるというように、いつまでもそのくりかえしになったはずです。しかし、いまはこの男を逮捕し、釈放はしません。これでおわかりでしょうか？　さて、時間です。処刑を執りおこなわねばならないのに、まだ装置の説明がすんでいません」

将校は旅行者を椅子にすわらせ、ふたたび装置のそばへ行って語りはじめた。

「ご覧のとおり〈馬鍬〉は人間の体型に合わせてあります。ここが上体で、ここが両足。頭には、この小さなのみが使われます。おわかりですか？」

将校は旅行者のほうに親しげにかがみこんだ。いよいよ説明の核心にふれる気だ。

旅行者は眉間にしわを寄せて〈馬鍬〉を見た。裁判のやり方がどうにも気に入らなかった。もちろんここは流刑地で、ここの流儀があるはずだし、軍隊式がすみずみまで浸透しているにちがいない。しかしそれでも、新任の司令官に期待をかけた。すこしずつではあっても、この頑迷な将校には想像もつかない新しい訴訟手続きを導入しようとしているのだろう。そう考えて、旅行者はたずねた。

「司令官は処刑に立ち会われるのですか？」

「さあ、どうでしょうか」将校はいった。気をわるくしたのか、渋い顔をした。「だからこそ急ぐ必要があります。残念ですが、説明も省略せねばなりません。ひどくよごれるのがこの装置の唯一の難点でして。装置の清掃がすんだら、あした説明のつづきをいたしましょう。いまは必要最小限にとどめます。まずその男を〈寝床〉に寝かせて、振動させます。ついで〈馬鍬〉を下げて、針がちょうど体にふれるようにします。設定がすむと、このワイヤーロープをぴんとはらせます。いよいよショーのはじまりです。よく知らない方には、刑罰のちがいがわからないでしょう。〈馬鍬〉の動作がいつもおなじに見えるだろうと思います。〈寝床〉で小きざみにゆれる体に〈馬鍬〉の針が振動しながらつき刺さります。刑の執行がたしかめられるように〈馬鍬〉はガラス製です。そこに針を埋めこむには工夫が必要でしたが、試行錯誤の末、みごとに成功しました。われわれはそのために労をいといませんでした。おかげで文字が体にきざまれるのを、だれでもガラスごしに見ることができます。こちらへ来て、針をご覧になりませんか？」

旅行者はゆっくり腰を上げて装置のそばへ行き、〈馬鍬〉をのぞきこんだ。

「ほら」将校はいった。「二種類の針が何列もならんでいるのが見えるでしょう。どの針にも横に短い針がついています。文字を書くのは長い針で、短い針は水を噴射して血を洗いながし、文字がよく見えるようにするためのものです。血のまじった水は小さな樋に流れ落ちると、メインの樋に流れこみ、排水管を通ってそこの穴に流れていきます」

将校は排水管を指さし、よくわかるようにその出口で汚水を受けるしぐさをした。旅行者は頭を上げて、手探りしながら椅子にもどろうとした。

そのとき受刑者が将校の誘いに応じて〈馬鍬〉の仕組みを近くで見ていることに気づいて、旅行者はぎょっとした。受刑者は、ぼんやりしている兵士がもつ鎖をすこし引っぱってガラスを上からうかがっている。将校と旅行者がながめていたのがなにか気になるらしく、落ち着かなげに見ているが、説明がわからず、正体がつかめないらしい。あちこち腰をかがめてはのぞきこみ、〈馬鍬〉に視線をはわせている。

旅行者は受刑者を追い払おうとした。受刑者がこんなことをしてはただではすまされないと思ったのだ。しかし将校は、旅行者を片手で押しとどめ、もう片方の手で土手の土くれをつかんで、兵士めがけて投げた。兵士ははっとして目を上げ、受刑者がしていることに気づくと、銃を捨て、足を踏んばって受刑者を引きもどした。受刑者はその拍子にひっくり返った。兵士は、身をよじらせ、鎖をじゃらじゃら鳴らしている受刑者を見下ろした。

「立たせろ！」将校はさけんだ。受刑者のせいで旅行者の気が散ってしまったことに気づいたからだ。旅行者は〈馬鍬〉のほうに身を乗りだして、〈馬鍬〉のことなどおかまいなしに、受刑者のことを気にしていた。

「乱暴はするな！」

将校はふたたびさけんで、装置をまわりこみ、受刑者のわきの下に手を入れると、足をすべらせ、ばたばたしている受刑者を兵士の助けも借りて立ちあがらせた。

「おかげですっかりわかりました」旅行者は、もどってきた将校にいった。

「まだ一番だいじなことがのこっています」旅行者の腕をつかむと、将校は高いところを指さした。「〈刻印機〉には歯車装置が組みこまれています。〈馬鍬〉のうごきを制御するもので、判決が記された図案をきざむことになっています。本官は前任の司令官が描いた図案を使っています。これがそうです」革の紙ばさみから数枚の紙をだした。「本官がもっているもののなかでもっとも貴重なものですので、残念ながら手にとっていただくわけにはいきません。おすわりください。すこし離してご覧にいれます。これでよく見えるでしょう」

将校はさいしょの一枚を見せた。旅行者はほめことばのひとつもいいたかったが、迷路のようなごちゃごちゃした線に面くらった。線は紙面を埋めつくし、余白を見つけるのにひと苦労するほどだった。

「読んでみてください」将校はいった。

「読めません」旅行者はいった。

「ちゃんと読めるはずです」
「とても凝っていますね」旅行者は弱ってしまった。「読み解けません」
「そうです」将校は笑って紙ばさみをしまった。「これは習字の手習いとはちがいます。読めるようになるまで時間がかかります。あなたもそのうち読み解けるようになるでしょう。これはもちろんただの文字ではいけないのです。それではすぐ死に至ってしまいます。平均十二時間はかからなければなりません。六時間で裏返すことになっています。元々の判決文に多くの飾りがつくことになっています。判決文そのものは帯状に体のまわりにきざまれ、ほかの部分には飾りがつけられるのです。これで〈馬鍬〉とこの装置全体のうごきのすばらしさがおわかりになったでしょう！」
将校ははしごに飛び乗ると、歯車のひとつをまわして下に向かってさけんだ。
「あぶないですから、すこし離れていてください！」
すると歯車がつぎつぎとうごきだした。甲高くきしむ音がしなければ、たしかにすばらしいといえただろう。将校はそのうるさい音におどろき、歯車に向かって拳をふりあげた。それから腕をひろげて旅行者にわびをいれ、急いではしごを下りて装置の具合を下から見た。彼にしかわからない不具合があるのだろう。将校はまたはしごを上ると、〈刻印機〉の内部に両手をつっこみ、今度ははしごを使わず、支柱を伝ってするするとすべり下り、騒音に負けじと旅行者の耳元で大声をはりあげた。

「わかりますか？〈馬鍬〉がきざみはじめます。その男の背中にさいしょの文字列がきざまれると、綿の敷物が回転し、男の体をゆっくりまわして、〈馬鍬〉が新しくきざむ場所を作ります。すると〈馬鍬〉にきざまれて傷ついた箇所は綿の敷物にのり、特殊な仕掛けですぐに止血され、あらためて文字が深くきざまれる準備がなされます。この〈馬鍬〉の縁にあるギザギザの刃ですが、体がまわされるときに綿の敷物を傷口から切りはなして、穴に投げ捨てる役目を負っています。そのあと〈馬鍬〉はまた作業をつづけます。こうやって十二時間かけて文字がより深く刻まれていくというわけです。さいしょの六時間、この受刑者は苦しみもだえますが、命に別状はありません。刑の開始から二時間後、フェルトの突起がとりのぞかれます。この男にはもうさけぶ気力もなくなるからです。つづいてこの頭のところにある電熱式の鉢に米粥を入れます。受刑者はこの鉢から好きなときに粥をすることができます。その機会を逃す者はいません。すくなくとも本官は見たことがありません。経験豊かな本官が見たことがないのです。六時間たつと食欲も失われます。そのときが来ると、本官はここにひざをついて、ようすを見ることにしています。受刑者が粥をのこらずのみこむことはまれで、口をうごかすだけで穴に吐きだします。そのとき本官はちょっとかがみこみます。さもないと顔にかかってしまうからです。でも六時間たって静かになったこの男は見物ですぞ！　どんな間抜けな者でも、悟りをひらくのです。まずは目つきが変わり、そこから全身に変化がひろがっていきます。それを見ていると、自分も〈馬鍬〉の下に寝てみたいという誘惑に駆られるほどです。ところで、装置はその時点で、もう作動しません。この男は文字の解読をはじめるでしょう。まるで読み聞かされているかのように、口をとがらせるはずです。ご覧いただいたように、文字は目で見ても読み解けるものではありません。この男は己の傷でもって解読するのです。むろん骨の折れる作業です。これが終わるまで六時間はかかります。それから〈馬鍬〉はこの男の体を刺しつらぬき、穴に投げこみます。受刑者の体は血に染まった水と綿の敷物の上にばしゃっと落ちます。これで刑の執行は終わり。そして、本官と兵士で遺体を埋めます」

将校の話に耳をかたむけていた旅行者は、上着のポケットに両手をつっこんで、装置のうごきを見た。受刑者もおなじように見ていたが、理解はしていなかった。すこし身をかがめて、ゆれうごく針のようすを目で追っている。

そのとき将校の指示で、兵士が受刑者のシャツとズボンをうしろからナイフで切りさいた。衣類がはらりと落ちた。受刑者は自分の裸を隠すため、落ちていく衣類をつかもうとしたが、兵士が彼を持ちあげ、さいごの布きれまでふるい落とした。将校は装置を止めた。突然あたりをつつむ静寂のなか、受刑者は〈馬鍬〉の下に横たえられた。鎖がはずされ、代わりに革ひもでしばられた。見たところ、受刑者はほっとしている。〈馬鍬〉がもう一段下げられた。受刑者がやせた男だったからだ。針の先が当たると、受刑者の体にふるえが走った。兵士が右手をしばっているあいだ、受刑者は、やり場に困って左手をのばした。そこは旅行者が立っているところだった。

将校は、わきから旅行者をじろじろ見ている。形ばかりの説明しかしなかった処刑が、旅行者にどんな印象を与えるか見逃すまいとしているのだ。

手首用の革ひもが切れた。おそらく兵士が強くしめすぎたのだろう。兵士はちぎれた革ひもを見せて、将校に助けを求めた。将校は兵士のところへ行くと、旅行者に顔を向けていった。

「この装置はいろいろな部品でできていまして、ときどき切れたり、折れたりするのです。しかしそのようなことで、装置全体に対する評価をさげないでいただきたい。革ひもの代用などすぐ見つかります。そこの鎖を使いましょう。右腕に伝わる繊細な振動はそこなわれますが、仕方ありません」

そして鎖をかけながら話をつづけた。

「この装置の維持費がひどく削られているのです。前任の司令官の時代には、本官が自由にできる資金をこの装置に注ぎこむことができました。倉庫があって、ありとあらゆる備品がたくわえられていたのです。過剰だったことは認めます。といっても、それはむかしのことです。新任の司令官は、むかしと変わらないといっていますが、それはちがいます。新任の司令官は古い制度を廃止するためにあらゆることを口実にしています。いまでは、この装置の予算を自分の管理下に置き、新しい革ひもひとつ手に入れるにも切れたのを証拠にださなければならず、新しいのがとどくのに十日もかかり、しかも粗悪品で役に立たないときているのです。そのあいだ本官は、革ひもなしでどうやってこの装置をうごかしたらいいのでありましょうか。そのことを気にかける者はひとりもいません」

旅行者は考えこんでしまった。異国の事情に首をつっこむのはいつだって考えものだ。流刑地の住民ではないし、この流刑地が属する国の人間でもない。この処刑を非難したり、廃絶にうごこうものなら、「おまえは外国人だ。口をだすな」といわれるのがおちだろう。そうなったら、こたえようがない。この件についてはまったくわからない、自分は見聞をひろめるために旅をしているだけで、異国の裁判制度を変えさせる意図など毛頭ないというほかない。

とはいえ、こうやって知ってしまえば気にかかる。裁判手続きが不公平で、処刑方法が人の風上にも置けないのはいうをまたない。旅行者が自分の都合でいっていると受けとられることはないだろう。受刑者とは縁もゆかりもないし、同国人でもなければ、そもそも同情をそそる人物でもない。旅行者自身は諸官庁の高官から推薦状をもらい、この地で厚遇されている。そしてこの処刑に招待されたということは、この裁判について意見を求められているともとれる。いま耳にしたように、司令官がこの裁判手続きを支持せず、将校に敵意があるのだとすれば、意見を求められている可能性はますます高まるというものだ。

そのとき旅行者は、将校がどなりちらすのを聞いた。フェルトの突起を苦労して受刑者の口に押しこんでいるところだ。受刑者は吐き気に襲われたのか、目をつむり胃のなかのものを吐きだした。将校はあわてて男の体を起こして、フェルトの突起からはなし、顔を穴に向けさせた。しかし手遅れだった。吐いたものが装置を伝って流れ落ちた。

「なにもかもあの司令官のせいだ！」そうさけぶと、将校はわれを忘れて真鍮の支柱をゆすった。「装置がよごれてしまった。これでは家畜小屋と変わらない」

将校はふるえる両手でなにが起きたか旅行者に指し示した。

「処刑の前にはまる一日食事を与えるべきではないと口をすっぱくして司令官に説明したのに、このしまつ。しかしいまは、温情を与える路線に舵を切ったのです。司令官をとり巻くご婦人方は、受刑者がここへ連行される前にたらふく甘いものを食べさせるのです。生まれてこの方、そこの男は臭い魚しか食べてこなかったというのに、この期におよんで甘い物を食べることになるとは！　でもまあいいでしょう。文句はいいますまい。しかし新しいフェルトの突起はどうなっているのでしょう。注文してからもう三ヶ月もたっているのです。百人以上の者が死にものぐるいで吸ったり、かんだりしたものを口にくわえて、吐き気をもよおさないはずがないでしょう」

受刑者は頭を下ろしていた。吐き気はおさまったようだ。兵士が受刑者のシャツで装置をふいていた。将校は旅行者のところへ歩いてきた。旅行者は思わず一歩さがったが、将校に手をつかまれて、わきに引っぱっていかれた。

「あなたを信じてお話ししたいことがあります。かまわないでしょうか？」

「ええ」旅行者は目を伏せて聞いた。

「あなたがいま驚嘆したこの裁判手続きと刑の執行を公然と支持する者は、もはやこの流刑地にはいません。本官がただひとりの代表者なのです。同時に前の司令官が遺したものを代弁するのも本官ひとりというわけです。この裁判手続きをさらに発展させようとは思っていません。いまある状態を維持するだけで精一杯です。前の司令官が存命のとき、流刑地は支持者であふれていました。わたしも、前の司令官の説得力をすこしはもちあわせているつもりですが、権力に欠けます。そのため、支持者が雲隠れしてしまったのです。いまでも支持者はおおぜいいますが、だれひとり、声にだしていわないのです。処刑日である今日、茶店に行っていろいろ話を聞いてみてください。たぶん奥歯に物のはさまったような言い方ばかり耳にするでしょう。みな、支持者なのです。しかし司令官も代わり、司令官の意向が異なるいまとなっては本官の役に立ちません。ところで、あなたにおたずねしたいのですが、司令官とその司令官に影響を与えるご婦人方の思惑でこのようなライフワークを」将校はそこで装置を指さした。「だいなしにしていいものでしょうか？　このようなことを見すごしにしていいのでしょうか？　われわれの島に数日いるだけの外国人だとしても、いいとお思いになりますか？　もはや一刻の猶予もならないのです。本官の裁判権に対してよからぬことが画策されています。司令部では、すでに何度も会議がひらかれているのに、本官は呼ばれもしません。今日あなたが訪ねてこられたことも、そうした大きな流れの一環のように思われるのです。連中は腰抜けぞろいで、外国人であるあなたをまず寄こしたのでしょう。――むかしの処刑はぜんぜんちがっていました！　処刑の前日にはもう谷は人でいっぱいでした。みんな、見物したい一心で来たものです。司令官は早朝、婦人方をつれてきます。ファンファーレが鳴り響き、宿営地全体がめざめます。本官は、準備が整った旨報告します。立会人――高官の欠席は許されません――は装置のまわりにならびます。この籐椅子の山は当時をしのばせるわずかな名残です。装置はぴかぴかにみがきあげられました。部品もほぼ、処刑のたびに新しい物にとり替えられました。数百人の目の前で――斜面の上まで見物人でうまり、みな、つま先立ちしたものです――受刑者は司令官じきじきに〈馬鍬〉の下に横たえられました。いま一兵卒がおこなっていることが、当時は裁判長である本官の栄誉ある仕事でした。こうして処刑のはじまりとなります！　装置が雑音をだすようなことはありませんでした。その頃には、観衆の多くは刑の執行を見るのをやめて、目を閉じて砂地に横になります。

正義がおこなわれていると、みんなわかっていたからです。その静寂のなか、聞こえるのはフェルトの突起からもれる受刑者のうめき声だけでした。しかしいまは、フェルトの突起からもれるうめき声を受刑者から引きだすことができません。当時は針に刺激の強い薬液を塗布していましたが、いまはその使用が禁じられているからです。そして先ほどいった六時間目が来ます！　近くで見たいというみんなの希望をかなえることは不可能でした。司令官は子どもに便宜を図れと命じました。本官は立場上、つねに司令官のそばにいてもよかったのですが、左右の腕に子どもをひとりずつ抱いて、装置のそばにしゃがみました。苦悶にゆがむ受刑者の顔から光が射すときのすばらしいことといったら。絶頂に達し、早くも消え失せようとする正義のかがやきが、われわれの頬を照らしたときの感動！　同志よ、すばらしい時代でした！」

将校は目の前に立っているのがだれか忘れてしまったようだ。旅行者を抱いて、彼の肩に頭をうずめた。

旅行者は困ってしまった。いらだちまぎれに、将校のむこうに視線を向けた。兵士が清掃を終えて、粥を容器から鉢に流しこんだところだ。それに気づくと、元気をとりもどした受刑者が粥をすすりはじめた。兵士は受刑者を何度も押しもどした。粥はもっとあとになって与えられるものだったからだ。それにしても、食べたがっている受刑者の目の前で兵士がよごれた手で粥を食べてしまうというのはいかがなものだろう。

将校はすぐ気をとりなおした。

「泣き言をいっても仕方ありませんな。当時のことをわかってもらおうとしてもむりなことは承知しています。それに装置はまだうごきます。この谷にだれひとり来なくなっても、装置は勝手にうごくのです。そして数百の人がハエのごとくむらがらなくても、さいごにはやはり死体をおだやかに穴に落とすのです。当時は穴のまわりにしっかりした手すりをつけなければなりませんでした。とっくにとりのぞかれてしまいましたが」

旅行者は将校から顔をそむけようとして、あてもなくあたりを見まわした。旅行者が谷の荒れはてたようすを見ていると思ったのか、将校は旅行者の両手をつかんで、旅行者の眼前にまわって、その目をとらえ、こうたずねた。

「この惨状がわかりますか？」

しかし旅行者はなにもいわなかった。将校はしばらくのあいだ彼をかまうのをやめ、足をひらくと、両手を腰にあてて静かに立ったまま地面を見た。それから旅行者を元気づけるように微笑んでいった。

「きのう、司令官があなたを招待したとき、本官はそばにいたのです。招待のことばを聞きました。本官は司令官を知っています。狙いがなにかすぐにわかりました。わたしを処分する力があるというのに、司令官はそれをせず、あなたという名のある外国人の口から批判させようとしているのです。用意周到です。あなたはこの島に来て二日目。前の司令官とその考え方を知らない。あなたはヨーロッパ的な考えをおもちだ。そもそも死刑に反対かもしれない。そうなれば、この装置による処刑にも反対でしょう。しかもあなたが目にするのは、処刑が公開されることなく、わびしげで、すでにがたのきた装置によって実施されるというもの。――それを合わせ考えれば、司令官はまさにそう考えているのですが、あなたが本官のやり方を正しいと思わないことは容易に察しがつくではないですか。そして正しいと思わなければ、あなたはだまっていられないはずです。なぜなら、あなたはご自分の鍛え抜いた信念にしたがうからです。あなたはたしかに多くの民族の特徴をご存じだし、それを尊重なさるでしょう。ですから、ご自分の国でするように全力で異を唱えることはしないかもしれません。しかし司令官はそのようなことを求めていません。ささいな一言、不用意なもの言いで充分なのです。それがすこしでも司令官の意に沿うことばであれば、あなたの本意でなくても一向にかまわないのです。司令官はあなたからうまくことばを引きだすでしょう。わかっています。司令官のご婦人方が車座になって、耳をそばだてるでしょう。『わが国の訴訟手続きは異なります』とか『わが国では判決の前に被告人への尋問をおこないます』とか『わが国では判決はいいわたされるものです』とか『わが国には死刑以外の刑罰もあります』とか『わが国に拷問があったのは中世までです』とかおっしゃるとします。たしかにおっしゃるとおりですし、あなたには当然のことでしょう。わたしのやり方にはなんらさしさわりのない無邪気なことばです。しかし司令官は、どう受けとると思いますか？　あの善良なる司令官が椅子をどかしてバルコニーへと急ぐところが目に見えるようです。ご婦人方もあとにつづくでしょう。ご婦人方がどなり声と呼ぶ司令官の声が聞こえるようです。『西洋の偉大な研究者、世界じゅうの訴訟手続きを調べた人物が、古い慣習によるわれわれのやり方を非人間的だといわれた。この方の判断を受けた以上、かようなやり方を野放しにしてはおけない。そこで本日、命令を下す』――とかなんとか。あなたが反論しても、もはや手遅れです。司令官が口にするようなことをいわなかった、本官のやり方を非人間的とはいわなかった、それどころか思慮深いあなたらしく、本官のやり方はきわめて人間的で、人間の尊厳にふさわしい、この装置は感心したといってもむだです。あなたは婦人方でいっぱいのバルコニーにでることすらできないでしょう。みんなの注意を引きつけるべく声をはりあげようとしても、婦人に口をふさがれておしまいです。そして本官と前の司令官の作品は滅びゆくのです」

旅行者は笑いをこらえずにはいられなかった。やっかいだと思っていた仕事はしごく簡単なようだ。旅行者は遠慮がちにいった。

「買いかぶられては困ります。司令官はわたしの推薦状を読んでいます。わたしが裁判手続きの専門家でないことは知っています。わたしがなにかいったところで、それは個人の意見です。ほかの有象無象がいうのとおなじで、なんの重要性もありません。この流刑地では大幅に司令官の裁量に任されているとお見受けしますが、そういう司令官の考えと比べたらじつにとるに足らないものですよ。あなたが思っているように、このやり方について司令官の考えが決まっているのなら、わたしがかかわりをもたなくても、もう終わったも同然ではないですか」

これで将校もわかっただろうか？　いいや、わかっていなかった。将校は大きく首を横にふると、びくっとして粥を食べるのをやめた受刑者と兵士をちらっと見返し、旅行者に顔を近づけた。だが旅行者の顔は見ず、上着のどこかに視線を向けながらさっきよりも小さな声でいった。

「あなたは司令官を知らないのです。口幅ったいですが、あなたは司令官やわれわれ全員にとって無害な存在です。ですから、信じてください、あなたの影響力はばかにならないのです。本官は、あなたがひとりでこの処刑に立ち会われると聞いて、天にも昇る心地でした。司令官のこの指示はわたしを狙ったものですが、これで本官にとって都合よくなります。処刑を見にくる者が多ければ避けようのないことですが、見当はずれの耳打ちや軽蔑のまなざしにさらされます。しかしあなたは本官の説明を聞き、装置をその目で見て、これから処刑を見学しようとされている。判断はすでに下っているはずです。多少の問題点はのこっているでしょうが、それも処刑をご覧になれば氷解するでしょう。どうかお願いです。司令官に対抗すべく、本官に助力をたまわりたい！」

旅行者は聞くにたえなくなった。

「そんな無茶な」旅行者はさけんだ。「むりです。お役に立てません。あなたの不利になるかもしれませんが」

「あなたにはできます」将校はいった。将校が拳をにぎるのを見て、旅行者は恐くなった。「あなたにはできる」将校は執拗にくりかえした。「本官には成功まちがいなしの計画があります。あなたは影響力などたいしてないと思っておられるようですが、それならなおのこと、このやり方を維持するためにどんなささいなことでもやってみる必要があるのではないですか？　本官の計画をお聞きいただきたい。そのためには、きょうのところはこの流刑地で、本官のやり方に関するあなたの判断をできるかぎり口にしないでもらいたいのです。判断を問われても、けっして話してはいけません。この件については話しにくいらしい、あなたがいやな思いをしている、率直に話すことになればきっと呪いのことばをはくだろう、とそう思われるようにすれば充分です。あなたに嘘をつけといっているのではないのです。本当です。『はい、処刑を見ました』とか『はい、説明はすべて聞きました』というふうに答えていただければいいのです。それ以上のことをお願いしているわけではありません。あなたがいやな思いをしていると、みんなが気づけばいいのです。司令官の意に沿わないでしょうが。むろん司令官は曲解して、自分勝手に解釈するでしょう。そこが本官の狙いなのです。明日、司令部に高官を全員集めて、司令官の主宰による大きな会議がひらかれます。司令官はもちろん、会議でひと芝居打つつもりに決まっています。観覧席まで用意して、傍聴人でいっぱいになることでしょう。本官は議論に加わるしかありませんが、考えただけで鳥肌が立ちます。ところであなたも、その会議に招待されるでしょう。もしあなたがきょう、本官の計画に応えてくださるなら、その招待は好都合なものとなります。しかしなにか手ちがいで招待されなかったら、ぜひとも招待されるよう働きかけてください。かならず招待されるでしょう。こうしてあなたは明日、ご婦人方とともに司令官の桟敷にすわることになります。司令官はあなたがいるかどうか気にして何度も見あげるはずです。どうでもいいような、聴衆をあてこんだくだらない議論がつづくでしょう。たいていが港湾工事、そしてまた港湾工事！　そのあと裁判手続きも論じられます。もし司令官の側からまったく話題にしなかったり、なかなか話題にならなかったりした場合、本官が水を向けます。立ちあがって本日の処刑について報告をしましょう。簡潔な報告にとどめます。慣例ではそういう報告はしませんが、あえてそうします。司令官はいつものように親しげな笑みを浮かべて礼をいうでしょう。これでもう自分を抑えられなくなります。好機と捉えるでしょう。きっとこういうふうにいうはずです。『ただいま処刑の報告があった。なおこの報告につけくわえるなら、今回の処刑には高名な研究者が立ち会った。その方が当流刑地に来訪していることは、みなも知ってのとおりだ。本日の会議にも出席いただき、意義あるものとなった。せっかくなので、この高名な研究者に、古い慣習とその慣習にしたがった刑の執行をどう捉えたかきいてみたいと思うが、いかがかな？』むろん満場の拍手、満場一致。本官がもっと大きく拍手する。司令官はあなたのほうを向いていうでしょう。『それではみんなになりかわっておたずねする』そうしたら、あなたは手すりまで歩みでて、みんなに見えるように両手を手すりに置いてください。さもないとご婦人につかまれて、いいようにされますから気をつけてください。いよいよあなたの出番です。そこに至るまでの何時間もの緊張に、わたしはどうやって耐えたらいいかわかりません。演説では遠慮する必要はありません。本官を通して知った真実をはっきりと伝えてください。手すりから身を乗りだし、声を大にする。そうです。司令官に向かってあなたの意見、あなたのゆるぎない見解を述べてほしいのです。しかし、もしかしたらあなたはその気になれないかもしれませんね。そういう性格ではないし、あなたのお国ではそういうふるまいをしないというのなら、それも結構。立たずともそのまま、ふた言み言いうだけで充分です。あなたの下にいる役人たちにしか聞こえないようなささやき声でもいいです。処刑に立会人がいなかったとか、歯車のきしむ音がしたとか、革ひもが切れたとか、フェルトが古くて受刑者が吐いたとか、そういうことまでいう必要はありません。細かい話はわたしにお任せください。いいですか。たとえわたしの演説が司令官を会場から追いだせなくても、ひざまずかせるくらいのことはしてみせます。『前任の司令官よ、脱帽する』くらいのことはいわせるつもりです。これが本官の計画であります。ご助力いただけますか？　むろん助けてくださるはず。いや、それはあなたの義務です」

将校は旅行者の両腕をつかみ、荒い息をつきながらその顔を見つめた。さいごはもう絶叫になっていたので、兵士と受刑者も聞き耳を立てていた。ひと言もわからないはずなのに、ふたりとも粥をすするのをやめて、口をもぐもぐさせながら旅行者のほうを見ていた。

旅行者にとって、返事ははじめから決まっていた。これまでじつに多くの経験を積んできたから、決心がゆらぐわけがなかった。根本のところで正直者で、怖いもの知らずだった。それでも兵士と受刑者に見られていることに一瞬ひるんだが、けっきょく、いわなければならないことばを口にした。

「できかねます」

将校は何度かまばたきし、旅行者から目をそらさなかった。

「説明が欲しいですか？」旅行者はたずねた。

将校はだまってうなずいた。

「あなたのやり方に納得できないのです。あなたが本心を打ち明ける前からそうでした――あなたの信頼をうらぎるつもりはもとよりありません――。この裁判手続きに異を唱える権利が自分にあるかどうか、さきほどから考えていました。口をはさんでわずかでも変わる余地があるかどうかも。だれに直訴すべきかはわかりました。もちろん司令官です。あなたのおかげではっきりしました。ただし決心を固めさせたのは、あなたのことばではありません。あなたの嘘偽りのない信念には感服しました。それでも心はゆらぎません」

将校はだまっていた。装置のほうを向くと、真鍮の支柱をにぎり、装置が正常か調べようとでもいうのか、すこし身を反らせて〈刻印機〉を見あげた。

兵士と受刑者はそのあいだに仲がよくなったらしく、受刑者はしっかりしばりつけられているのに、むりして兵士になにやら合図を送った。兵士は身をかがめた。受刑者がなにかささやき、兵士はうなずいた。

旅行者は将校のところへ行って話しかけた。

「わたしがなにをするつもりか話していませんでしたね。この裁判手続きについて司令官に意見を述べますが、会議で話すつもりはありません。あくまでふたりだけのときに伝えます。この地に長くとどまるつもりはないので、会議にでることはないでしょう。明日の早朝には出発します。すくなくとも乗船しているでしょう」

将校はうわの空だった。

「このやり方に納得がいかないのですね」将校はひとり言をいって頬をゆるめた。でたらめをいう子どもを微笑ましく見守りながら、本音では困ったものだと思っている老人のようだ。

「ではおしまいです」そういって、将校は明るいまなざしで旅行者を見つめた。なにか強い意志を感じる。旅行者になにかへの参加を求めるようなまなざしだ。

「どういうことです？」旅行者は気になってたずねたが、返事はなかった。

「きさまは自由だ」将校は受刑者にわかることばでいった。受刑者は信じようとしなかった。

「自由だといっているのだ」将校はいった。

受刑者の顔にはじめて生気が宿った。本当だろうか？　将校の気まぐれだろうか？　外国人の旅行者が口添えしてくれたのだろうか？　どうなっているんだ？　そんな顔だった。だが長くはつづかなかった。許されたのなら、一刻も早く自由になりたいと思うのは人情だ。〈馬鍬〉がこわれそうなほど、体をゆさぶった。

「革ひもを切るつもりか」将校がさけんだ。「おとなしくしろ！　すぐに解いてやる」

将校は兵士に合図をして、いっしょに仕事にとりかかった。受刑者はなにもいわずに、くっくっくと小声で笑い、まもなく左右にいる将校と兵士を交互に見た。もちろん旅行者のことも忘れなかった。

「こいつを引っぱりだせ」将校は兵士に命じた。〈馬鍬〉が下りていたので、注意が必要だった。受刑者はじっとしていなかったため、背中に小さな傷をこしらえてしまった。

このときから、将校は受刑者のことをまったくかまわなくなった。旅行者のところへ行くと、小さな革の紙ばさみをふたたびとりだし、ぺらぺらめくって探していた一枚を見つけると、それを旅行者に見せた。

「読んでいただきたい」将校はいった。

「むりです」旅行者はいった。「読み解けないとさっきいったではないですか」

「よく見てください」そういうと、将校はいっしょに読むため旅行者のわきに立った。それでもだめだと気づくと、読み解きやすいように小指で図案をたどった。ただし小指は高く浮かせていた。じかにふれるのは恐れ多いとでもいうように。旅行者はせっかくの好意にこたえようとしたが、やはりお手あげだった。そこで将校はその文言をひと文字ひと文字声にだして読んだ。『正しくあれ！』――そう書いてあるのです。これで読めるでしょう」

旅行者が紙にぐっとかがみこんだので、将校はさわられるのを恐れて遠ざかった。旅行者はなにもいわなかったが、相変わらず読めずにいるのはあきらかだった。

「『正しくあれ！』――そう書いてあるのです」将校はもう一度いった。

「なるほど」旅行者はいった。「そう書いてある気がします」

「いいでしょう」将校は多少満足したらしく、その図案をもってはしごをのぼり、〈刻印機〉のなかにそっと置いて、歯車装置をいじった。設定しなおしているようだ。ずいぶん面倒な作業で、小さな歯車まで設定が必要らしく、将校は〈刻印機〉に頭をつっこんだ。それほど綿密に歯車装置をいじる必要があったのだ。

旅行者は下からその仕事ぶりをずっと見守っていた。首が凝ってしまい、空からふりそそぐ日の光に目が痛くなった。

兵士と受刑者は、ふたりだけで別のことをしていた。穴に落とした受刑者のシャツとズボンを、兵士が銃剣の先に引っかけてすくいあげたところだ。シャツは無残によごれていたので、受刑者はバケツで洗い、それからシャツとズボンを身につけた。兵士も受刑者もげらげら笑った。衣服がどちらもうしろからざっくり切りさかれていたからだ。受刑者は兵士を笑わせないといけないとでも思ったか、切りさかれた衣服をまとったまま兵士の前でくるりとまわってみせた。兵士は地面にしゃがみこんで、ひざをたたいて笑った。といっても、将校たちの手前、はしゃぎ方は控え目だった。

上での作業がすむと、将校はもう一度、装置全体を見わたして微笑み、それまであいていた〈刻印機〉のふたをしめて下りてきた。穴をのぞき、それから受刑者を見て、衣類をとりだしたことに気づくと、満足そうな顔をし、手を洗うためバケツに近寄った。そのとき水がひどくよごれていることを知って将校は気を落とし、けっきょく代用品として充分でないことは知りつつ、仕方なく砂に手をつっこんだ。それから立ちあがると、軍服のボタンをはずしはじめた。えりと首のあいだに押しこんでいた女物のハンカチが二枚とも、将校の手に落ちた。

「ほら、きさまのハンカチだ」そういうと、将校はその二枚を受刑者のほうへ投げ、旅行者に説明した。「ご婦人方からもらったものです」

将校は急いで軍服をぬぎ、すっかり裸になった。それでも衣服を一枚一枚ていねいに扱い、軍服の銀モールを指でなで、総飾りの乱れをなおした。そうやっててていねいに扱ったことが嘘のように、衣類を整えるなり、いらだたしそうにふりかぶって穴に投げこんだ。将校の身にのこされたのは、つりひものついた短剣だけだった。その短剣を鞘から抜くと、ばきっと折って、鞘とつりひももろとも投げ捨てた。穴のなかでぶつかりあう音がしたほど激しい投げ方だった。

将校は素っ裸で立っていた。

旅行者は唇をかみ、なにもいわなかった。これからどうなるのかわかったが、じゃまをする権利はない。将校がこだわっているやり方がこれで廃止されるのなら——それこそ旅行者が義務だと思って介入した結果だ——将校の行動は正しい。旅行者もおなじ立場だったら、これ以外の行動はとれなかっただろう。

兵士と受刑者はさいしょ、なにが起ころうとしているかわからずにいた。こちらを見ようとすらしなかった。受刑者はハンカチを返してもらってよろこんでいたが、それはぬかよろこびに終わった。というのも、兵士がいきなり手をだし、うばいとったからだ。兵士がハンカチをベルトにはさむのを見て、受刑者が引きぬこうとした。しかし兵士も目ざとかった。こうして、ふたりのじゃれあいがはじまった。

将校が素っ裸になったとき、ふたりはようやく気づいた。とくに形勢が大逆転した受刑者がおどろいていた。自分に降りかかった運命が、今度は将校にふりかかるのだ。しかも今度はさいごまで行きそうだ。外国人の旅行者が命じたと思ったようだ。つまりこれは復讐。自分はさいごまで行かずにすんだのに、復讐はさいごまでおこなわれるのだ。彼は相好をくずし、その笑みは消えることがなかった。

ところで、将校は装置のほうを向いていた。装置を熟知していることはわかっていたが、それでも装置をうまく扱い、手なずけるところは見物だった。将校が手を近づけただけで、〈馬鍬〉は何度も上下し、将校を受け入れるのにちょうどいい高さになった。将校は〈寝床〉の縁をつかんだ。さっそく〈寝床〉が振動しはじめた。フェルトの突起が将校の口に近づいた。将校はいやそうにしたが、ためらったのはほんの一瞬で、おとなしく口に入れた。

準備は整った。革ひもがまだ垂れさがっていたが、どうやら不必要らしい。将校の体をしばる必要はなかった。そのとき、受刑者が垂れさがっている革ひもに気づき、それで固定しなければ処刑は完結しないとでも思ったか、兵士を手招きし、ふたりして将校をしばりつけた。

将校はというと、すでに片足をのばして〈刻印機〉の作動レバーを押そうとしていた。そのとき、ふたりが来たことに気づいて足を引っこめ、しばられるにまかせた。これでもうレバーに届かない。兵士も、受刑者も、それを押すという発想はないだろう。旅行者も手をだすまいと決心していた。

しかしその必要はなかった。革ひもがしめられるやいなや、装置がうごきだしたのだ。〈寝床〉が振動し、針が皮膚の上で踊り、〈馬鍬〉が上下した。しばらくじっとながめているうちに、旅行者は〈刻印機〉の歯車がさっききしんだことを思いだした。ところがいまは、すべてが静かだ。かすかにこすれる音すらしない。

音がしなかったため、ややもすると装置がうごいているかどうかわからないほどだ。旅行者は兵士と受刑者のほうを見た。受刑者のほうが元気があり、装置に興味があるのか、かがんだり、体をのばしたりしながら、兵士に向かってしきりになにかを指さしている。旅行者はいたたまれなくなった。さいごまでいるつもりだったが、このふたりはもう見るにたえなかった。

「家に帰れ」旅行者はいった。兵士はそのつもりだったが、受刑者はそれを罰と受けとった。ここにいさせてくれと、手を合わせて懇願し、旅行者が首を横にふって聞き入れないと、ひれふした。口でいってもだめなら、そばに行って追いはらおう、と旅行者は思った。

そのとき〈刻印機〉のなかで耳ざわりな音がした。旅行者は見あげた。やっぱり故障したか？　しかしさっきとはちがう。〈刻印機〉のふたがゆっくりと上がって完全にひらいた。歯車がひとつだんだん見えてきて、やがて全体があらわれた。まるで〈刻印機〉がなにか大きな力に押されて、歯車の収まる場所がなくなったかのようだ。歯車は〈刻印機〉の縁からそのまま落ちて、砂地をころがってたおれた。そのときにはもう別の歯車がせりだし、つぎからつぎへと大小さまざまの歯車がまたころがり落ちた。〈刻印機〉の中身が空っぽになっただろうと思ったとき、さらに別の新しい大量の歯車がせりあがってぼろぼろ落ち、砂地をころがった。

この出来事に目をうばわれ、受刑者は旅行者の命令をすっかり忘れ、歯車に夢中になった。何度も歯車をつかもうとし、兵士にも手伝えとせっついた。しかし、すぐにあわてて手を引っこめた。つぎつぎと歯車が落ちてくるので目移りするのだろう。

一方、旅行者は気が気ではなかった。装置は崩壊の一途をたどっている。静かにうごいていると思ったのはかんちがいだった。将校は体の自由がきかないのだから、手を貸してやらねばならない。しかし落ちてくる歯車に気をとられ、旅行者は装置のほかの箇所を注意しそこねてしまった。さいごの歯車が〈刻印機〉から落ちたあと、〈馬鍬〉をのぞいてみて、新しい、はるかにひどい驚きにおそわれた。〈馬鍬〉は図案を刻まず、ただひたすらつき刺しているだけだったのだ。〈寝床〉は体をまわすことなどせず、振動しながら上下しているだけだった。

旅行者はなんとかして装置を止めなければと思った。これでは将校が望んだ拷問ではない。ただの殺人だ。

旅行者は両手をのばした。そのとき、針で刺しつらぬかれた将校の体ごと〈馬鍬〉が横にずれた。普通なら十二時間後に起きることだ。血がいくつもの流れになってこぼれ落ちる。水とまじりあっていない。排水管もこわれてしまったのだ。

さいごの工程も、うまくいかなかった。体が針から抜けず、どくどくと血を流しながら、穴の上でつるされたまま落ちなかったのだ。〈馬鍬〉は元の位置にもどらず、重荷から解放されていないとわかっているかのように、穴の上に止まっていた。

「手を貸してくれ！」旅行者は兵士と受刑者に向かってさけび、将校の両足をつかんだ。

旅行者が両足を押し下げ、ふたりが将校の頭をつかめば、将校の体はゆっくりと針から抜けるはずだった。ところが、ふたりは来てくれなかった。受刑者など背を向けるしまつだ。旅行者はふたりを将校の頭のところへむりやりつれていかなければならなかった。

このとき、不本意ながら遺体の顔を見ることになった。生きていたときとおなじだ。約束された絶頂の兆しすらない。この装置にかけられてほかのみんなが見いだしたものを、将校は見つけられなかったのだ。唇をぐっと引きしぼり、目をひらき、まだ生きているかのようだ。まなざしはおだやかで、確信に満ち、眉間には大きな鉄釘の先端が刺さっていた。

旅行者が兵士と受刑者をしたがえて、人家のあるところまでもどってくると、兵士がそのうちの一軒を指さしていった。

「あれが茶店です」

奥行きがあり、天井が低く、洞窟のような建物で、壁と天井が煤だらけだった。道路側はあけっぱなしになっている。

流刑地では、宮殿のような司令部をのぞけば、どの家もひどく荒れはてているが、茶店もその部類だった。それでも歴史を感じさせる趣がある。旅行者はむかしの映画の名残を感じた。

店に近寄ると、旅行者はふたりの供をしたがえたまま、店の前の路上にならぶ、だれもすわっていないテーブルのあいだを通って店内に入り、ひんやり湿っぽい空気を吸った。

「前の司令官はここに葬られています」兵士はいった。「墓地に埋葬することが僧侶によって拒否されたのです。どこに埋めたらいいか、しばらくのあいだ決まりませんでした。将校はそのことをあなたに話していないでしょう。あの人はそのことを恥じていましたから。何度か夜中に忍びこんで、前の司令官を掘りだそうとして追いはらわれたこともあります」

「墓はどこに？」兵士の話が信じられなかった旅行者はたずねた。

兵士と受刑者のふたりは前に立って、墓のあるほうを手で指し示した。ふたりは旅行者を店の奥につれていった。そこにはいくつかテーブルがあり、客がすわっていた。港湾労働者らしく、黒々した短いひげを生やした屈強な男たちだ。みんな、上着を着ていないし、シャツはぼろぼろで、みすぼらしい身なりだ。近づくと、数人が立ちあがり、壁ぎわに寄って、旅行者を見た。

「よそ者だ」旅行者のまわりでささやく声がした。「墓が見たいんだとさ」

男たちはテーブルをひとつどかした。墓石はその下にあった。粗末な石で、地面に埋めこまれているので、テーブルに隠れて見えなかったのだ。墓石にはひどく小さな文字で銘がきざまれていた。それを読むには、ひざまずく必要があった。そこには、こうきざまれていた。

「ここに前司令官が眠る。いまは名乗ることを許されぬ支持者たちは司令官のために墓穴を掘り、石を置いた。時が満ちれば、司令官はよみがえり、この家から支持者たちを率いて流刑地を奪還するという予言がある。これを信じて待つがよい！」

銘文を読んで旅行者が腰をあげると、まわりに立つ男たちが微笑んでいた。いっしょに銘文を読み、世迷い言だとみなし、賛同しろと彼に迫っているようだった。旅行者は気づかないふりをして、硬貨を数枚、彼らにわけあたえると、墓の上にテーブルがもどされるのを待ってから、茶店をでて港へ向かった。

茶店で顔見知りを見つけた兵士と受刑者はそのままのこった。

だがふたりはすぐ顔見知りと別れてきたようだ。波止場に通じる長い階段を旅行者が下りていると、ふたりが追いかけてきた。ふたりは、いっしょにつれていってくれと旅行者にせがむつもりらしい。汽船へ運んでもらうために旅行者が船頭に声をかけていると、ふたりは階段を下りてきた。だがなにもいおうとしない。叫ぶのがはばかられたのだろう。

ふたりが階段を下りきったとき、旅行者はすでにボートに乗りこんでいた。船頭はちょうどボートを岸からはなしたところだ。ふたりはボートに飛びうつる気満々(まんまん)だったが、旅行者は船底にゆわえた重いロープをふりあげ、それでおどして、ふたりが飛び乗るのを阻止(そし)した。

館を防衛する光景

Bilder von der Verteidigung eines Hofes

なんの変哲もない柵が切れ目なくつづいている。人の背丈ほどの高さもない。柵のうしろに男が三人立っていて、顔をのぞかせている。真ん中の男が一番背が高く、左右の男は頭ひとつ小さい。ふたりは真ん中の男にくっつくように立っていた。三人ひと組なのだ。この三人は柵というか、柵に囲まれた館の守りを固めていた。

人影はほかにもあるが、姿を見せて見張っているのは彼らだけだった。ひとり、庭の真ん中に置いた机に向かってすわっている者がいる。ぽかぽかと暖かかったので、軍服の上着を脱いで椅子の背もたれにかけていた。手元に数枚の小さなメモ用紙を置き、大きくて幅のある、インクをたっぷり使う書体でなにか書いていた。ときどき画鋲で机に貼りつけた小さな図に目をやる。館の図面だ。

男は司令官で、この図面にしたがって防衛の指示をだしていた。ときおりすこし顔を上げて、三人の守備兵と柵のむこうのひらけた土地を見た。そこで目にしたことを参考にして、指示書に書きこみをする。司令官はせわしなく働いていた。状況が緊迫しているのだ。

指示書ができて、司令官が呼ぶと、近くの砂場で裸足のまま遊んでいた小さな少年が、そのメモを運ぶ。だが司令官はいつも手渡す前に、湿った砂でよごれた少年の両手をまず軍服の上着できれいにする必要があった。砂が湿っていたのは、ひとりの男が軍服を洗濯し、大きな桶から水を飛びちらしているからだ。男は庭にぽつんと生えた、貧弱なボダイジュと柵のあいだに洗濯ひもをわたし、洗濯ものをかけて干していた。司令官は汗でびっしょりになり、肌にはりついたシャツをいきなりぬぐと、桶のそばにいるその男のところに投げた。男は乾いたシャツをひもからとってくると、司令官にわたした。

桶のそばの木陰には、若い男が椅子にすわって、前後にゆらしていた。まわりで起きていることにはわれ関せずという風情で、ぼんやり空を見上げ、飛んでいく鳥をながめながら、ホルンで軍隊の合図を鳴らす練習をしていた。必要なことだが、司令官はときどき我慢ならなくなって、顔を上げることなく、練習をやめろとラッパ吹きに手で合図した。それでもラッパ吹きにやめるようすがないと、ふりかえってどなりつけた。それでしばらくのあいだ静かになるが、ラッパ吹きはそっと、試すようにまたホルンを吹きはじめる。そのうち調子に乗って、さっきとおなじ大きさでホルンを鳴らす。

切り妻の窓のカーテンは下ろしてあった。それが目立たないのは、館のこちら側の窓にすべて目隠しがしてあったからだ。それもこれも、敵にのぞかれて、攻撃を受けないようにするためだった。しかしそのカーテンの陰から、小作人の娘がラッパ吹きを見下ろして、ホルンの響きにうっとりしていた。胸に手をあて、目をつむって聞き惚れることもあった。本当は裏手の家の大部屋で、糸くずとりにはげむお手伝いたちを監督しろといわれていた。しかしそこではホルンの音がかすかにしか聞こえない。どうにも落ち着かず、聞きたいというあこがれがこうじて、矢も楯もたまらず、がらんとして、かびくさい館にこっそりしのびこんだのだ。

娘はときおり、すこし前かがみになって、父親が庭で働いているかたしかめた。父親がお手伝いたちの働きぶりを見にいくようなら、もうここにはいられない。父親はいまも玄関前の石の外階段にすわって、パイプをくゆらせながら、板をわっている。できあがったのや、できかけのや、まだ手をつけていない木がまわりに山をなしている。ひとたび戦闘になれば、館とその屋根に被害がおよぶ。修繕の用意をしておく必要があったからだ。

玄関の横の窓にはすき間なく板が打ちつけてあるが、そこから煙と物音がもれていた。そこは台所にあたり、小作人のおかみさんがちょうど兵隊にだす昼食をこしらえたところだった。大きなかまどだけでは足りず、野外炊具をふたつ調達したが、それでもまだ充分といえないことがわかった。部隊に栄養がいきとどくことは、司令官にとってとてもだいじなことだった。だから、みっつ目の野外炊具の助けをかりることにしたが、すこし壊れていたので、男がひとり、館の横の菜園で手入れをしているところだ。本当は館の前で作業をするつもりだったが、ハンマーを打つ音が我慢ならない、と司令官にいわれ、動かすしかなかったのだ。炊事兵はじれったくなり、人をやって、野外炊具が直ったか見てこさせたが、修理はいっこうにはかどらず、きょうの昼食にはもう間に合わないので、あるものでなんとかすることにした。

食事はまず司令官にだされる。特別なものをだすなと何度もはっきり命じてあったのに、館の女主は普通の兵食をだす決心がつかなかった。それに給仕をほかのだれかにまかせるのもいやだった。きれいな白いエプロンをつけ、濃厚なチキンスープを銀の盆にのせると、女主は庭にいる司令官のところへ運んでいった。司令官が仕事の手を休め、食事のために館に入るとは思えなかったからだ。

近づいてくる女主に気づくと、司令官はていねいに腰を上げたが、食べる時間がありません、時間どころか、気持ちのゆとりもないのです、と女主に告げた。女主はうつむいて、上目づかいに司令官を見た。その目がうるんでいたので、司令官は立ったまま、笑みを浮かべ、女主が両手にもっている皿からひとさじスープを飲んだ。これで義理ははたしたとでもいうように、司令官は一礼すると、腰を下ろして仕事にもどった。女主がまだしばらく横にたたずんでから、ため息をついて台所にもどったことにも気づかなかった。

しかし、部下たちの食欲はおおちがいだった。台所の窓のすき間から、炊事兵がひげ面をのぞかせ、ホイッスルで昼食の合図をすると、あたりが活気づいた。司令官がまゆをひそめるくらいの活況ぶりだった。兵士がふたり、納屋からリヤカーを引きだした。それ自体が大きなたるの形をしていて、勝手口でスープがそこにざざっと注がれた。守備兵たちは持ち場を離れることがゆるされていないため、食事は配ってまわることになっていた。

リヤカーはまず柵の守備兵のところへ向かった。司令官が指で合図をするまでもなく、当然の流れだった。というのも、この三人がいまいちばん敵の矢面に立たされているからだ。そのことは兵卒でもわかることだ。いや、一兵卒のほうが士官よりもよくわかっていることかもしれない。司令官としては、配膳を急がせ、食事のために守備が中断する時間を極力短くしたいところだが、いつもは模範的な三人が、こともあろうに庭とリヤカーを気にして、柵の前方を警戒するのをおこたった。三人に食事が配られると、リヤカーは柵にそって移動した。二十歩ごとに三人ひと組の兵士たちが見えないように柵のところにしゃがんでいる。いざというときには柵から顔をだしている三人同様、立ちあがって、敵に姿を見せることになっていた。

そのうち館からでてきた予備兵が勝手口に長い行列をこしらえた。おのおの深皿を手にしている。ラッパ吹きも立ちあがった。小作人の娘はがっかりして、お手伝いたちのところにもどっていった。というのも、ラッパ吹きは椅子の下から深皿をだし、かわりにホルンをそこにしまったからだ。

このときボダイジュのこずえが、かさかさ音をたてた。そこには望遠鏡で敵を見張っている兵士がいた。守備には欠かせないだいじな持ち場なのに、リヤカーを引いている者たちは彼をうっかり忘れてしまった。おまけに、ひまにしている予備兵が数人、料理に舌鼓を打つため、ボダイジュのまわりに腰をおろしたものだからたまらない。スープの湯気とにおいが立ちのぼってきた。だからといって、見張りの兵は声をあげるわけにいかない。気づいてもらおうと、まわりの枝をゆすり、木の葉のあいだから何度も望遠鏡をつきだした。だが、やるだけむだだった。頭数には入っているのだから、ぐるっと一巡するのを待つしかなかった。もちろん時間がかかる。庭は広くて、四十箇所に配置された三人ひと組の守備兵に料理を配らなければならない。

兵士がリヤカーをえっちらおっちら引きながら、ようやくボダイジュまでやってきた。あいにく、樽にはスープがすこししか残っていなかった。肉もほんのわずかしかない。見張りの兵は鉤のついた棒に引っかけた深皿をもらい、残ったスープを飲んだまではよかったが、それから幹をつたってすこし下りてくると、腹立ちまぎれに、というか、それが感謝の気持ちだといわんばかりに、給仕係の兵士の顔を足でけとばした。当然、給仕係はかっとしてわれを忘れ、仲間にもちあげてもらって木のてっぺんにのぼった。こうして下からは見えない戦いがはじまった。枝ががさがさゆれ、うめき声が聞こえて、木の葉が散った。それから望遠鏡が地面に落ちて、すぐに静かになった。

司令官はというと、ほかのことに気をとられていた。柵の外の野原でなにかことが進んでいるらしいのだ。だから司令官は騒ぎにまったく気づかなかった。給仕係の兵士がそっと木からおりてきて、これぞ友情の証とばかりに望遠鏡をさしあげた。これで一件落着。スープもたいしてこぼれはしなかった。見張り役の兵士は喧嘩を見越して、風にゆれても平気なように深皿を一番上の枝にしっかり引っかけておいたからだ。

橋

Die Brücke

わたくし、硬くて冷たい体をしています。わたくしは橋。奈落をまたいでいます。こちら側では足をつっぱり、あちら側では両手をついて、くずれやすい土にがっしり食いこんでいました。スカートのすそは、わたくしの両わきではためいていました。はるか下では、マスがすむ、冷たい渓流が音をたてて流れています。こんな足場のわるい高みにまよいこむ旅人なんていやしません。まだ地図にものっていなかったものですから。

そういうわけで、わたくしはこの恰好のまま待ちました。待つしかなかったのです。一度つくられた橋というのは、くずれ落ちでもしないかぎり、橋であることをやめられません。

ある日暮れどきのことです。——それがさいしょの夕方か、千度目の夕方かは覚えていませんが――わたくしは妄想たくましく、いろいろぐるぐると考えをめぐらしていました。夏の夕暮れ。渓流からはいつもより暗いせせらぎの音がしていました。そのとき、殿方の足音が耳に入ったのです！　わたくしのところへ来る、わたくしのところへ。

さあ、橋よ、しっかり体をのばすのよ。手すりのない木橋よ、あなたに身を任せるその殿方をささえてさしあげるのよ。足元が心もとないようなら、こっそり自信をつけさせてあげましょう。でも、もしもよろめいたりしたら、正体をあかし、山の神ででもあるかのように殿方を向こう岸まで投げとばしましょう。

殿方が来ました。鉄でできた杖の先でわたくしをつつきます。その杖でスカートのすそをすくいあげ、ちゃんとわたくしにかけてくれました。つぎにわたくしのやぶのような髪に杖の先を入れ、しきりにあたりを見まわしながら、長いあいだ杖をそのまま横たえていました。

ところが、殿方がこのあとたどるであろう山や谷をわたくしが思いえがいていると、わたくしの体の真ん中に立って、両足でぴょんと飛びはねたのです。痛いのなんの。わけがわかりませんでした。この方は何者？　子ども？　夢？　追いはぎ？　自殺者？　誘惑者？　破壊者？　わたくしは何者なのか気になってふりかえりました。

橋が裏返ったのです！　まだちゃんとふりかえる前から、わたくしはくずれはじめました。くずれて、こなごなにくだけ、渓流のなかからいつも長閑にわたくしを見ていた、するどくとがった岩にぐさりと串刺しになりました。

雑種
ざっしゅ

Eine Kreuzung

うちには奇妙なペットがいる。子ネコと子ヒツジの混血さ。父さんから相続したものだ。

変になったのは、ぼくが飼うようになってからだけどね。以前は子ネコよりも子ヒツジに近かった。けれども、いまはだいたい半々というところだ。頭と爪はネコ。胴体と大きさは子ヒツジ。目は両方の特徴を受けついでいて、ぎらぎら光っている。毛なみはやわらかいのに、体にぴったりはりついている。ぴょんぴょんとびはねもし、忍び歩きもする。窓辺でひなたぼっこをするときは、背中をまるめて、のどをならし、草地にでると、夢中でかけまわるので、つかまえるのにひと苦労する。ネコにでくわすとしっぽを巻くくせに、子ヒツジを見つけると、おそいかかる。月夜には好んで雨どいをつたって歩く。ニャアと鳴くことはなく、ネズミがきらい。ニワトリ小屋のそばでは何時間もじっと獲物をねらうのに、一度も首尾よくしとめたことがない。えさは甘いミルクだ。大好きらしく、牙をむきながら、ごくごく飲む。

もちろん子どもの人気者だ。日曜日の午前中が面会時間。ペットをひざにのせたぼくのまわりに、近所の子どもたちがむらがる。

子どもたちは返事にこまるような質問をする。

「どうしてこんな動物がいるの？」

「どうしておじさんのところにいるの？」

「前からこういう動物がいたのかなあ？」

「死んだらどうなるんだろう？」

「一匹でさびしいことはないのかな？」

「なんで赤ちゃんをうまないんだろう？」

「名前はなんていうの？」

などなど。

いちいち返事していられないから、ぼくはなにも説明しないで、ペットをただ見せるだけにしている。子どもたちはときどきネコをつれてくる。子ヒツジを二匹つれてきたこともある。ところが動物たちはおたがい、相手を気にするようすがない。しずかに見つめあうだけで、あたりまえのように受けいれている。

ぼくのひざにのっていると、ペットは安心しきって、獲物を追いかけようともしない。ぼくにぴったりくっついているところを見ると、とにかく居心地がいいようだ。育てたぼくを家族だと思っている。とはいっても、並外れた忠誠心をもっているわけではなく、動物らしい直感によるものらしい。動物はこの世にごまんといるが、うちのペットにかぎって血を分けた親類など一匹たりともいない。だから、こうやって保護してもらえるのはありがたいことだとわかっているのだ。

うちのペットは、ぼくのまわりをくんくんかぎまわったり、足のあいだにわってはいったりして、ぼくから離れようとしないものだから、ときどきほほえましくなる。うちのペットはヒツジとネコではあきたらず、今度はイヌになりたがっているようだ。そんなきざしがあるように思えてならないんだ。じつをいうと、うちのペットはふた通りの不安をかかえている。ネコの不安とヒツジの不安だ。それぞれ中身はだいぶちがう。だからやっかいこのうえないのだろう。

もしかしたらこのペットにとっては、肉屋の包丁が救いなのかもしれない。けれども、それではせっかくの遺産であるこのペットをあきらめることになるからなあ。

だんじきげいにん
断食芸人

Ein Hungerkünstler

この数十年、断食芸人はすっかり落ち目になっていた。以前は、自分で大々的に興行を打てば、いい稼ぎになった。だが、いまはだめだ。時代が変わってしまった。

むかしは街中が断食芸人の話でもちきりになったものだ。断食がはじまると、日に日に人気が高まる。みんな、日に一度は断食芸人を見ずにいられなかった。興行が佳境に入ると、席を予約し、小さな檻の前に一日中すわりこむ人もいた。夜中でも興行があり、松明がともされたなかでの見物は雰囲気満点だった。

天気がいいと、檻は外に運びだされる。そうすると、見物人の大半が子どもになる。おとなは、流行っているうわさに釣られて見にくるだけだが、子どもたちは本気でびっくりぎょうてんしてぽかんと口をあけ、こわごわ手をにぎりあう。

むりもない。断食芸人は顔が蒼白く、黒いタイツを身につけ、あばら骨を浮きあがらせている。椅子をきらって、床にまいたワラの上にすわり、あるときは、ていねいにうなずき、またあるときは、むりに笑みをうかべて、みんなの質問に答え、どんなにガリガリかさわってもらうために鉄格子のあいだからにゅっと腕をだす。かと思うと、見物人を無視して物思いにふけり、檻のなかのただひとつの置物で、だいじな時刻を教えてくれる時計にも関心をよせず、目をなかば閉じて、ぼんやりと前を見ながら小さなグラスの水をすすって、唇をしめらせることもある。

入れかわり立ちかわりやってくる見物人のほかに、観衆からえらばれた見張り役がいつもそばにつめていた。なぜか肉屋で、つねに三人ひと組。昼も夜も断食芸人がこっそりなにか食べないように監視した。

ただし、これも形だけで、みんなを安心させるためだった。断食芸の通なら、興行中の断食芸人はなにがあってもいっさい口に入れないとよく知っていた。それが芸人の気概というものだ。

むろん見張り役のだれもがそのことを理解しているわけではなかった。夜中の担当には、いいかげんな組もあって、わざと離れてすわり、トランプ遊びにふけることがあった。どうせどこかに食べものを隠しもっているはず、一服したらいいというわけだ。

断食芸人にとって、こういう見張り役ほど、いやな存在はいなかった。まったく情けないことだ。そのせいでよけいに断食がつらくなる。こういう連中が見張りになると、弱気になることもあったが、めげずに歌って、そんな疑いを抱くこと自体がどんなに的はずれなことか教えてやろうとした。

しかし、これも焼け石に水。逆に、歌いながら食事をするとはすごいと感心されてしまうしまつだ。おなじ見張り役なら、檻のそばに陣取って、夜の会場をぼんやりくまなく照らす明かりでも足りないとばかりに、興行主が用意した懐中電灯で檻のなかを照らす連中のほうがまだましだった。まぶしいくらいなんでもない。どうせ眠れないのだから。明かりがついていようが、いつだってうとうとすることはできる。それこそ人でごったがえし、ざわざわしている広間でも、まどろむことはできる。

断食芸人は見張り役相手に、夜中一睡もしないですごすこともあった。冗談を飛ばし、巡業中のよもやま話を披露した。断食芸人は見張り役の話にも耳をかたむけた。そんなことをするのも、見張り役を眠らせず、檻のなかに食べものをこっそりもちこんだりしないし、だれにもまねのできない断食をやっているのだとわからせるためだ。朝が来ると、断食芸人は朝食をたっぷり運んでこさせて、見張り役にふるまう。見張り役たちは、寝ずの番をしたタフな男らしく旺盛な食欲でその朝食をたいらげる。断食芸人にとっては、その光景を見るのが至福の時だった。

ところが、朝食で見張り役を手なずけていると勘ぐる口さがない連中もいた。まったくひどい言いがかりだ。朝食もつかない徹夜の見張りなど、いったいだれが好き好んで引き受けるだろう。そういいかえせば、そういう手合いは引きさがるが、疑いの目が消えることはなかった。

とにかく断食芸人はいつもそういった疑いの目にさらされていた。連日連夜、片時も目をはなさずに見張り役をすることなど、だれにもできない芸当だ。だから、断食が一点のくもりもなくずっとつづけられたかどうか、自分の目で確かめた者はひとりもいない。そのことを知っているのは、断食芸人だけ。本人だけが、断食芸を心から満喫していた。

しかし彼には不満もあった。やせこけた姿があわれで見るにたえず、見物を控える人がいるのはまだいい。じつはやせ衰えていたのは、自分に問題があったからだ。彼は断食がどんなに簡単なことか知っていた。それは断食芸の通でも知らないことだった。そのことを知っているのは断食芸人だけだった。

断食など、この世でもっとも簡単なこと。断食芸人はそれを隠そうともしなかったが、そうすると奥ゆかしいといわれたり、ウケ狙いだとけなされたり、らくに断食ができる秘策をもつペテン師だからそういうことを公言してはばからないんだ、けしからん奴だとされたり、いいたい放題いわれる。

断食芸人は、いわせておくしかなかった。そのうち、なにをいわれても平気になったが、不満は彼の心をむしばんでいった。そのため、断食期間をみごとまっとうして、その証明書を手にしたあとでも、檻からでようとしなかった。

ところで興行主は、断食期間を最長四十日とさだめていた。たとえ世界的な大都市での興行でも、それ以上断食させることはなかった。それには歴としたわけがあった。四十日くらいなら、都会人の関心を宣伝であおることができる。これは経験則だ。ところが、それをすぎると人気に翳りが見えはじめ、客足がみるみる遠のく。もちろん都会と田舎では多少のちがいがあったが、基本的に四十日がやめる潮時だった。

四十日目になると、花で飾られた檻の扉がひらかれる。熱狂した観衆が円形劇場をうめつくし、軍楽隊が演奏をする。医者がふたり檻のなかに入り、断食芸人の身体検査をすると、その結果をメガホンで会場に知らせる。つづいて抽選でえらばれた若い女性がふたり、嬉々として登場し、断食芸人を檻からだして、二、三段ほどの階段を下りる。そこには小さな食卓があり、えらびぬかれた病人食がならべられている。

だが断食芸人は、決まって檻からでるのをいやがる。婦人がかがんでさしだした手に、骨ばった腕をのせはするが、立ちあがろうとはしない。どうして四十日でやめなければならないのか。まだつづけたいのに。断食は最高潮に達したところだ。まだまだやれるのに、どうしてやめるのだ。このまま断食をつづければ名声がえられる。なぜそのじゃまをする。不世出の断食芸人となる（じつはその名をすでにほしいままにしていたが）だけでなく、己を乗り越えて、途方もない存在になれるのに。

彼は、自分の断食力にまったく限界を感じなかった。これほど賛辞をおしまない観衆が、どうして飽きるというのだろう。断食芸人がいくらでも断食をつづけられるのだから、観衆だって辛抱できるはずではないか。それに疲れているし、ワラにくるまっているほうが気持ちがいい。腰を上げて、食事をしにいかなければならないとは、考えただけで吐き気がする。もちろん婦人方にわるいから、そのことを口にだしていうことはない。やさしげに見えても、そのじつ残酷な婦人たちを見あげて、断食芸人はよわよわしい首にのった大きな頭を横にふる。

すると毎度おなじことが起きる。興行主がやってきて、だまって（というのも、音楽がうるさくてどうせ聞こえないからだ）断食芸人の上に腕をふりあげる。それはちょうど、ワラの上にいる神の被造物、いとおしむべき殉教者をご照覧あれと天に向かって念ずるようなしぐさだ。意味はちがうが、断食芸人はたしかに殉教者だ。

興行主はそれから断食芸人のか細い腰を抱える。割れものでもさわるようにおそるおそる。そして断食芸人の足と上半身をぐらぐらするほどゆらしながら、色を失った女性たちに引きわたす。断食芸人はすべて、なりゆきにまかせる。うなだれた頭は、ぽろりところがり、引っかかっているように見える。腹は落ちくぼみ、足は自然とひざにささえられているが、地面をただひっかくだけだ。その地面が本物ではなく、本物の地面がどこにあるのか探しているかのように。

いくら体が軽いとはいえ、彼の全体重が女性のひとりにのしかかると、この名誉なつとめがこういうものだと思いもしなかった女性は息もたえだえに救いを求め、断食芸人に顔がさわらないように必死にそらす。しかしそれがうまくいかない。幸運にめぐまれたもうひとりの女性も救いの手をのばそうとせず、骨と皮だけの断食芸人の手をわななきながらささげる。それを見て、会場が爆笑の渦につつまれる。女性が泣きだすと、控えていた手伝いの者が交代する。

それから食事になる。もうろうとしている断食芸人の口にすこしずつ食べ物を流しこみながら、興行主は断食芸人が前後不覚なのを観衆に気取られないように、おもしろおかしくおしゃべりをする。つづいて、断食芸人に耳打ちされたといって、乾杯の音頭をとり、楽団の晴れやかな演奏で幕となる。観衆は散っていく。不満をもらす者はひとりもいない。ただひとり断食芸人だけが、いつも不満だった。

断食芸人は定期的に短い休みをとりながら長年こういう生活をつづけてきた。うわべははなやかで、世界じゅうから敬われていたが、じつは心が晴れることがなかった。というか、だれも彼の気持ちを本気にしなかったので、ますますふさぎこんでしまった。なぐさめようがないし、これ以上なにもしてやれない。

悲しみに断食芸人の胸がふさがるのは、腹をすかせたせいだと説明しようとする奇特な人があらわれることがある。これが断食をしている最中だったりすると、断食芸人はかんかんに怒りだし、けだもののように鉄格子をゆさぶって、観衆をびっくり仰天させる。

しかし興行主も心得たもので、断食芸人になりかわり、集まった観衆に陳謝する。断食のせいで怒りっぽくなっているだけであります。満腹の人には理解しがたいでしょう。どうか断食芸人の粗相をおゆるしください、というように。それから、断食芸人がこの先いくらでも断食できると豪語していることにふれ、高い志と善意と偉大な自己否定のなせる業とご理解いただきたいと誉めそやす。ただしこれが嘘である証拠に、興行主は断食四十日目に、ベッドに横たわり、息もたえだえの断食芸人を撮った写真をもちだし、ついでにそれを売りさばく。

いつものことだが、断食芸人は毎回この詭弁に腹を立て、うんざりするのだった。

心が晴れないのは断食を早く切りあげるせいなのに！　まったくひどい話だ。こんなひどすぎる世界といくら戦ってもむだだ。断食芸人は毎度、鉄格子のそばで興行主の話に聞きいるが、写真が持ちだされると鉄格子から離れ、ワラにもぐりこんでため息をつく。これで観衆はひと安心。またぞろそばにやってきて、見物をする。

こうした場面を目にした人が、数年してあの頃のことをふりかえると、みんな信じられない思いにかられた。というのも、そうこうするうちに状況が一変したからだ。しかもその変化は突如おとずれた。きっと深いわけがあったはずだが、だれがそんなことを気にするだろう。

とにかくある日、それまで誉めそやされてきた断食芸人が、娯楽に貪欲な大衆から見放された。大衆はほかの娯楽になだれを打ってしまった。興行主は、いまでも関心をもつ観衆がどこかにいるのではないかとヨーロッパ各地を巡業してみた。しかしすべて無駄骨だった。みんな裏でこっそりもうしあわせたかのように、断食ショーはどこへ行っても白い目で見られるばかりだった。

むろん実際には、そんな突然に変化するはずがない。あとになってみれば、それなりの前兆があった。けれども目先の成功に浮かれ、それを見すごしてしまったのだ。いまさらなにをやっても手遅れだ。そのうちまた断食の時代がやってくるだろう。しかしそういわれても、いま生活がかかっている者にはなんの慰めにもならない。断食芸人はどうしたらいいのだろう。人気者だった彼が、歳の市の見せ物小屋で芸を見せるのは沽券にかかわる。といっても、職を変えるには年をとりすぎていたし、なにより断食を天職だと思っていた。長年の相棒だった興行主と別れると、断食芸人は大きなサーカスに雇われることにした。ただし傷つきたくなかったので、契約内容には目を通さなかった。

大きなサーカスは大所帯で、芸人も動物も道具類も出入りがはげしく、たえず補充が必要だった。いつでも、だれでも使い道があり、断食芸人もその程度にしか期待されていなかった。彼の場合は断食芸そのものよりも、むかしとった杵柄がものをいった。

だが彼としては、年老いても衰えることのない芸だから、第一線をしりぞいた芸人としてサーカスに安住の地を求めたつもりはなかった。むしろその逆で、以前と変わらず断食してみせるとうそぶき、やり方をまかせてくれるなら、必ずや世間をあっといわせてみせると豪語した。しかし気持ちが空回りして時代の趨勢を見落としていた。芸人仲間からは失笑を買っただけだった。

そんな断食芸人だが、現実が見えなかったわけでもない。いまさら檻に入っても、脚光をあびるスターになれるとは思っていなかった。だから動物小屋の近くの、人の往来がある通路に檻が置かれても文句をいわなかった。派手な色の大きな看板が檻のまわりを飾り、なにが見られるか書いてあった。

出しものの合間に、観客は動物を見ようと動物小屋に殺到する。いやでも断食芸人の前を通って、すこしのあいだそこに足を止めることになる。もし狭い通路にあとからどんどん人が押し寄せてこなかったら、もうすこし長くとどまれたかもしれない。しかし遅れてきた連中には、動物小屋が目当てできたはずの人たちがなぜそこで足を止めるのかわからない。だからうしろからせっつかれ、ゆっくり鑑賞することなどむりだった。

そのせいで、断食芸人は、自分の生き甲斐でもある待ちに待った観衆の訪れを、逆に怖がるようになってしまった。

はじめのうちはまだ休憩時間が待ち遠しかった。押し寄せる人たちを見て、わくわくしたほどだ。ところが、来る人、来る人、みんな動物見たさでやってくるだけだとすぐに思い知らされた——いくら自分に嘘をついても、経験には勝てないということだ。それでも観衆の姿が遠くに見えているうちはまだいい。そばまでやってくると、二派にわかれて罵詈雑言をまき散らすからたまらない。

一方はのんびり彼を見物しようとする連中だ。じつは、こちらのほうが耐えがたい。というのも、断食に理解があるわけではなく、ただそのときの気分と、うしろの連中をじらしたい一心でぐずぐずしているだけだったからだ。

そしてもう一方の連中はどうかというと、こちらは端から動物小屋にしか興味がない。この連中が通りすぎると、今度は出遅れた人々がやってくる。この人たちはその気になれば檻の前で立ち止まることもできるのに、休み時間内に動物を見ることしか頭になく、わき目もふらず大急ぎで通り過ぎていく。

それでもときには家族づれに恵まれることもある。父親は断食芸人を指さして、ここでなにをしているのかくわしく説明をし、何年も前のことだが、おなじように檻に入っていても、いまとは比べものにならないほど見事な興行だったと懐かしむ。子どもたちは学校でも家でも耳にしたことがなかったので、ちんぷんかんぷんだったが、じっと見つめるその目のかがやきは、断食芸に寛大な新時代の到来を予感させた。断食芸人はときどきこんなことをつぶやいた。

「動物小屋のそばでなければ、もうすこしましになるのではないかな」

こう近くては、人々が動物小屋を選んでしまうのもむりはない。そのうえ動物小屋はくさいし、動物は夜中に騒ぐし、猛獣用の生肉が目の前を運ばれていくし、餌にありつくと動物が吠えるしで、断食芸人の心はさんざんに傷つき、気が滅入ってばかりいた。

それでいながら、サーカス団長に苦情をいうことはなかった。ここに立ちよるたくさんの人のなかに、たまには断食芸に夢中になる人もいるので、動物さまざまなところもある。それに、あまり目立つと、動物小屋への通路の障害になっていると気づかれて、どこへ移動させられるかわかったものではない。

障害物といっても、ささやかなものだ。どんどん人目につかなくなっていく障害物。いまどき断食芸を見てもらおうとするなど常識はずれもいいところだが、そんな常識はずれなことにも人は慣れていく。そして慣れとは恐ろしい。

ついに断食芸人に最終判決がくだった。彼はできるかぎりうまく断食をしようとし、事実そうしたが、もう手のほどこしようがなかった。みんな、彼の前を素通りしてしまうのだ。断食芸人はこの際だから断食芸の説明をしてみようと思いたった。しかしなにも感じない人に、頭で理解してもらおうとしてもむりだ。

美しかった看板は薄よごれ、文字が読めなくなった。そのうち、看板は取りはずされ、だれも貼り替えようとしなかった。

断食達成日数をかかげる表示板も、はじめのうちは毎日更新されていたが、こんな簡単な仕事なのに、係の者がものの数週間で飽きてしまい、ずっとおなじ数字のままになった。

断食芸人はかつて夢見たとおり断食をつづけた。なんの苦もなくやってのけたのに、それがどんな偉業かだれにもわかってもらえず、断食芸人本人までその意義がわからなくなっていった。こうなると、ふと立ち止まって、古いままの数字を見てからかい、ペテンだとうそぶく輩もあらわれる。まったくとんでもないデマだ。無関心と、生まれついての悪意のなせる業。断食芸人はいんちきなどしていない。誠心誠意働いているのに、報われることはついになかった。

それからまた多くの日数がたち、さすがに終わりの日がやってきた。ある日、断食芸人の檻がサーカスの監督の目にとまった。監督は、まだちゃんと使える檻がどうして腐ったワラをしいたまま放置してあるのだ、と作業員たちにたずねた。だれにも覚えがなかったが、ひとりが日数を示す数字に気づいて断食芸人のことを思いだした。棒でワラをかきまわすと、たしかに断食芸人がいた。

「まだ断食しているのか？」監督はたずねた。「いったいいつになったらやめるんだ？」

「このままやらせてください」断食芸人はささやいた。

彼のいっていることは、檻に耳を近づけていた監督にしかわからなかった。

「かまわんよ」そういうと、監督は指を額にあてて、断食芸人はいかれたようだと作業員たちに伝えた。「好きにするがいい」

「断食をしてあっぱれといわれたかったんです」断食芸人はいった。

「あっぱれだと思っているとも」監督が答えた。

「しかし、あっぱれといわれても、これでは」

「そうかね。では、あっぱれというのはやめよう。だが、なんであっぱれではないんだ？」

「わたしは断食するしかなかったのです。こうするしかなかったんですよ」
「そうなのか。それで、こうするしかなかったというのはどういうことだね？」
「それはですね」断食芸人は小さな頭をすこしもたげて、口づけをするように唇をとがらせると、監督がなにひとつ聞きもらさないように、耳元に話しかけた。
「口に合う食べものが見つからなかったからです。見つかっていれば、こんなことなどせず、たらふく食べていたでしょう。みなさんとおなじように」
それが、さいごのことばだった。光を失っていくその目には、もはや誇らしさはないものの、断食を断固つづけるという信念がいまだに宿っていた。
「ようし、片づけろ！」監督はいった。
断食芸人はワラもろとも葬られた。
檻には一頭の若いヒョウが入れられた。長いこと放置された檻のなかをこの猛獣がはねまわるさまは、どんなに鈍感な者にもじつにいい気晴らしになった。ヒョウは何不自由なかった。飼育係が口に合う餌をせっせと運んできてくれる。自由がないことなどへでもないようだ。なに不足ないその高貴な姿は、自由まで身に帯びているようだった。どうやら自由を牙でくわえて隠しもっているらしい。そして生きるよろこびが烈火のごとく口からはきだされる。その熱気には見物人もなかなか耐えられるものではない。それでもめげず、みんな、檻にむらがり、その場を立ち去ろうとしなかった。

ハゲタカ

Der Geier

ハゲタカの奴(やつ)め、さっきからぼくの両足をつついている。ブーツも、靴下(くつした)もすでにやぶかれ、とうとう足までもつつかれるありさまだ。ハゲタカはくりかえし襲(おそ)ってきては、ぼくのまわりを何度かせわしなく飛びまわり、またぞろつつきはじめる。

そこへひとりの紳士(しんし)が通りかかった。しばらくようすを見ていて、なんでハゲタカにやられっぱなしになっているんだね、とたずねた。

「どうにもならないんです」ぼくはいった。「どこからともなくやってきて、つつきはじめたんです。もちろん追いはらおうとしました。首をしめてやろうとしたこともあります。でも、こいつはとっても力があるんです。こいつが顔に襲いかかってきましてね。それなら足を犠牲(ぎせい)にするほうがいいかなって。ほとんど食いちぎられてしまったので、いまさらですし」

「よくまあ我慢できるものだ」紳士はいった。「鉄砲の弾を一発おみまいすれば、ハゲタカなんていちころなのに」

「なるほど。それじゃ、鉄砲をくれませんか？」

「いいとも。家に帰って、もってこよう。三十分待ってくれないか？」

「三十分も待てるかどうかわかりません」ぼくは、あまりの痛さに、しばらく体をこわばらせてからいった。「どうかおねがいします。とにかく持ってきてください」

「わかった。善は急げだ」

ぼくたちが話しているあいだ、ハゲタカはぼくと紳士を交互に見ながらじっと耳をかたむけていた。どうやら事情を察したようだ。ぱっと舞いあがると、いきおいをつけるため、大きく頭をそらし、兵士がやりを投げつけるように、くちばしをぼくの口深くつきたてた。

ぼくは仰向けにたおれながら、ざまあみろと思った。のどの奥からあふれだした血がみるみるあたりにあふれ、ハゲタカの奴、もがきくるしみながらおぼれ死んだ

ある学会報告

Ein Bericht für eine Akademie

学会の先生方！

この学会にてサルでありし日の報告をするようおおせつかりました。光栄のいたりであります。

ところが、あいにくご期待にそえないかもしれません。サル道より訣別してほぼ五年。暦で見ればわずかな期間でありますが、その時間をかけぬけてきた者にとっては、途方もなく長い年月でありました。ときには立派な方々に伴走してもらい、忠告や声援やオーケストラの伴奏に支えられたこともあります。しかし基本的には、ひとりぼっちでした。というのも、そうした支えは、いうなればかゆいところに手がとどかないのとおなじだったのです。

小生がみずからの生まれや若い頃の思い出にこだわっていたら、とても人間にはなれなかったでありましょう。あらゆるこだわりを捨てること。それが自分に課した最優先事項でした。自由なサルであった小生は、自分にあえてそういう枷をかけたのです。おかげでサル時代の記憶はみるみる消えてなくなりました。

はじめのうち、あちらとこちらをつなぐ門は、天と地のひらきに匹敵する大きさだったので、人間からサルにもどることも思いのままでした。しかし、自分をムチ打つように進歩をつづけるうちに、その門はしだいに低く、狭くなっていきました。そのうち人間の世界にいるほうが居心地がよく、人間の一員になった気がしたのです。過去から吹いてくる嵐はすっかりおさまり、いまではかかとを冷やすすきま風くらいにしか思えません。風が抜けてくる穴、むかし小生が通ってきたその穴は、かなたに遠ざかってしまい、もどろうという気力がわいても、通りぬけられないほど小さくなりました。むりに通れば、皮がすりきれることでしょう。

じつをいいますと。ええと、この手のことをいうときはことばに気をつけたいのですが、でも率直に申しあげましょう。先生方もそういう道をたどられたわけで、みなさんのサル道も、その点では小生と大差ないわけであります。大地を踏みしめれば、だれのかかとだってむずむずします。名もなきチンパンジーも、偉大な英雄アキレスもおなじというわけです。

それでも、話の内容しだいでは、先生方の質問に答えられるかもしれません。喜んでお答えしましょう。いの一番に学んだのは、あくしゅでした。あくしゅは心をひらいている証といえます。キャリアの頂点をきわめたいまだからこそ、はじめてあくしゅしたときのことについて歯に衣着せず申しあげます。こちらの学会にとっては、とくに新しいことではないでしょうし、期待はずれでしょう。しかしどうがんばってみても、これしか話せないのです。

それでは、元サルが人間の世界に入り、どうやって活路を見いだしたかお伝えしましょう。ささやかな報告ですが、これも小生が自信をもち、文明社会にあるすべてのすぐれた演芸場でゆるぎない地位を確保しなかったら、はずかしくてお話しできないことです。

小生、アフリカは黄金海岸の生まれです。いかにして捕まったかは、ほかに報告がありますので、それにゆずりましょう。ようはハーゲンベック商会の狩猟探検隊の待ち伏せにあったのです。しかしあれから隊長とは、上等な赤ワインを何本もあける間柄です。

とにかく、その日の夕方、小生が仲間の群れといっしょに水飲み場にやってきたとき、探検隊が茂みのなかにいて、銃声をとどろかせたのです。命中したのは小生だけでした。弾が二発もあたりました。

一発目はほおをかすり、大きな赤い傷をのこしました。おかげで『赤面のペーター』なる、まさに赤面ものの、まったくもって的はずれなあだ名をつけられてしまいました。まったくサル知恵というほかありません。これではつい最近あの世へ行った曲芸ザルのペーターと同類です。ちがうのは、ほおの赤い傷だけ。話をもどしましょう。

二発目は腰にあたりました。こちらは重傷で、そのせいでいまも、すこし足を引きずっています。

新聞で小生をこきおろす軽佻浮薄な人がごまんといますね。最近も、とある記事が目にとまりました。いわく、小生のサル根性はいまだ根絶されていない。それが証拠に来客があると、すぐズボンを脱いで銃弾のあとを見せたがる、というのです。こういう輩は、利き手の指をぜんぶ鉄砲で吹き飛ばしてやればいいのです。小生だって、見さかいなくズボンをぬぐわけではありません。それに、どうせ見えるのは、手入れした被毛と傷痕だけですし。ここではあえて、あのけしからん銃撃の傷痕と呼びますが、どうか誤解なきよう願います。

すべては白日の下にさらされるもの。隠しごとはよくありません。真実を見きわめるには、美辞麗句などやめるべきでしょう。心の大きな方ならきっとそうします。逆に、さきほど申しあげた記事を書いた人物が客の前でズボンを脱いだら、面目を失うでしょう。そうしないことこそ、その人物にとって分別のある証だと申しあげたい。そんなに繊細な心の持ち主なら、小生をわずらわすこともやめていただきたいものです！

さて、銃撃されたあとのことです。このあたりからしだいに記憶にのこっているのですが、小生は、ハーゲンベック商会の汽船の中甲板に置かれた檻のなかで目をさましました。四方に格子がついた檻でなく、格子が組まれているのは三面だけで、四つ目の壁は木箱でできていました。天井が低くて、立つこともままならず、狭くて寝そべることもできませんでした。ですから、小生はずっとふるえっぱなしのひざを抱えてしゃがんでいました。はじめのうち、だれとも顔を合わせたくなく、暗がりにいたかったので、木箱のほうを向いていました。そのうち格子が肉に食いこんできました。野生動物ははじめにこういうところに閉じこめたほうがいいといわれていますね。自分の経験からも否定はしません。人間にとってはたしかに都合がいいです。

しかし、そのときはそんなふうには思いませんでした。生まれてはじめて行き場を失いました。すくなくとも、まっすぐ進むことはできませんでした。木箱が立ちふさがっていたのです。木箱ですから板がびっしりとはってあります。もちろんすき間はあります。そのすき間を見つけたときは、むしょうにうれしくて、われを忘れて泣きました。しかしそのすき間たるや狭くて、尻尾をさしこむこともできず、サルの力をふりしぼっても広げるのはむりでした。

あとで聞いたことですが、小生はほとんど音をださなかったそうです。そこで、すぐに死んでしまうか、さいしょの危機を乗りこえれば、とても調教しやすいサルになるかどちらかだろうとみなされました。小生は生きのびました。さめざめと泣き、苦しい姿勢でノミを探し、気怠そうにココナッツをなめ、頭を木箱にぶつけ、だれかが近くにやってくると、舌をだしました。新しい暮らしでさいしょにやったことといえば、こんなものでした。しかしいつも感じていたのは、行き場がないということでした。もちろんサルの身で当時感じたことをお伝えするにも、人間のことばしか使えませんので、ことばが足りないかもしれません。いまではサルの本音がわからなくなっていますが、大筋ではまちがっていないはずです。それは疑いのないところであります。

小生は檻に入れられるまでどこへ行こうと自由でした。それが失われたのです。がんじがらめでした。だからといって、たとえくぎづけにされても、しばられたくないという気持ちがしぼむことはありませんでした。なぜでしょうか？　足指のあいだの肉をひっかいても、理由はわかりません。ふたつに裂けよとばかり、尻を格子に押しつけても、合点がいかなかったでしょう。小生には、活路が見いだせなかったのです。しかし活路を見いだすことは必要でした。なぜなら見いだせなければ生きていけないからです。ずっと木箱にはりついていたら――きっと息絶えていたでしょう。しかしハーゲンベック商会では、サルの居場所はその木箱の壁と決まっていました。――だったら、サルをやめればいいと発想したわけです。明晰で美しい発想というほかありません。小生はそれを腹からひねりだしました。サルは腹で考えるからです。

ところで、活路ということばでわたしが考えていることが、先生方にはおわかりいただけるでしょうか。若干、懸念をおぼえます。小生はこのことばをごく普通の意味で使っています。あえて自由とはいいません。自由を縦横にあじわったときのすばらしい感覚とはちがうからです。サルのときは、それを知っていたかもしれません。小生は自由にあこがれる人間と知り合いになりました。しかし小生としては、当時もいまも自由を欲してはいません。ついでに申しあげますと、人間は自由をはきちがえていることが多いといえます。自由になるのは、すばらしい気持ちです。しかし自由をはきちがえたときも、すばらしい気持ちにはなれるものです。演芸場で自分の出番がくるまえに、ふた組の軽業師による空中ブランコの曲芸を見ました。ブランコに飛びのって、大きくゆらし、ジャンプして、相方の腕にぶらさがったり、髪の毛をつかんでぶらさげたりするわけです。

「人間は自由だからいいけど。よくやるなあ！」小生はそう思いました。

神聖な自然をばかにしているじゃありませんか！　これを見たら、サルに大笑いされることまちがいなしです。

自由なんて欲しくないですね。活路が見いだせれば結構。右でも、左でも、いや、どこでもいいです。活路が見いだせたと思うのが錯覚だったとしても、かまいはしません。求めるものが小さければ、錯覚も小さいはずです。ひたすら進むのみ！木箱に押しつけられて、ばんざいするなんてごめんです！

いまならはっきりわかります。あそこから抜けだせたのは、安らぎがあってこそだったのです。じっさい小生のいまがあるのは、船で数日すごして気持ちが安らいだおかげです。そして安らぎをえたのは、船乗りたちのおかげでした。

いろいろありましたが、まあいい人たちでした。うとうとしていたときに聞いたあの人たちの重い足音。思いだすと懐かしい気持ちになります。あの人たちはなにつけのんびりしていました。目をこするにも、手を重りのように上げるのです。あの人たちが飛ばした冗談はがさつでしたが、心がこもっていました。笑うといつもひどく咳込みました。でもじっさいには、なんということのない咳でしたけど。それにいつも口からつばを飛ばしていました。それもところかまわず。小生のノミが移ると文句をいわれたこともありましたが、ひどい目にはあいませんでした。ノミがわたしの被毛で育つことも、ノミがよく跳ねることも、あの人たちは知っていて、しかたないと思っていたからです。

非番のとき、あの人たちは小生を囲んですわることもありました。とくに話をするでもなく、のどを鳴らしました。木箱の上にねそべってパイプを吹かすこともありました。小生がすこしでも動くと、ひざをたたき、杖をもってきて小生をくすぐる者もいました。あれは気持ちよかったです。いま、ああいう船旅に誘われたら、お断りするでしょう。でも、あの中甲板ですごした日々は、本当に、いやな思い出だけではありませんでした。

あの人たちに囲まれて緊張がゆるんだ小生は、逃げる気がうせました。いまから思えば、生きのびるつもりなら活路を見いだす必要があるが、逃げてもむだだと、はなから気づいていたようです。逃げだすことができたかどうか、いまとなってはわかりません。たぶん逃げられはしたでしょう。サルなら逃げられたという思いはあります。人間になってからクルミの殻を割るのはちゅうちょしますが、サルのときなら、時間をかければ扉の錠前だってかみきることができたと思うのです。

しかし実行には移しませんでした。そんなことをしたら、どんな目にあっていたでしょう？　檻から頭をだしただけで、すぐにつかまり、もっとひどい檻に入れられたにちがいありません。あるいは、ほかの動物の檻にうっかり迷いこんでしまったかもしれません。大蛇のところに逃げこんだりしたら、ぐるぐる巻きにされて、一巻の終わりだったでしょう。甲板に逃げだして、海に飛びこむことに成功しても、しばらく大海原にたゆたってからおぼれ死んだことでしょう。むだなあがきです。小生は人間のように計算高くはありませんでしたが、まわりに合わせるうち、結果として計算高いふるまいをしたわけです。

小生はけっして計算はしませんでしたが、冷静に観察することはしました。船乗りたちは行ったり来たりしました。いつもおなじ顔ぶれ、おなじ動きでした。ひょっとしたらおなじ人ではないかと思ったほどです。ひとりか、複数かはともかく、この人たちは無頓着でした。そのうち高邁な目標が小生の心に浮かびました。べつにこちらが彼らとおなじになれば、檻を開けてくれると、だれかが約束してくれたわけではありません。約束したって、そんなことは実現不可能に思われましたし。でも実現させてしまえば、それまで交わされていなかった約束が遅ればせながら形をなすでしょう。とはいえ、船乗りたちには、仲間になりたいと思えるほどの魅力を感じませんでした。小生がさきほど述べた自由の信奉者であったなら、大海原に活路を求めたでしょう。そこにいた人たちは覇気のない目をしていましたから。しかしそういうことを思いつく前に、小生は長いことその人たちを観察していました。その観察の甲斐あって、やるべきことが決まったのです。

人まねはじつに簡単でした。つばをはくことは、はじめからできました。お互いの顔につばをはきかけました。ただ、ちがったのは、かけられたつばを小生がなめてきれいにしたのに、あの人たちはそうしなかったことです。やがて小生はふんぞりかえってパイプをくゆらすようになりました。パイプの火皿に親指までのせたものですから、中甲板に歓声があがりました。しかし火皿に煙草がつまってない場合とつまっている場合でなにがちがうか、長いことわからないままでした。

しかしなによりやっかいだったのは酒ですね。あのにおいには辟易しました。必死にがまんして、飲めるようになるまで何週間もかかりました。おもしろいことに、船乗りたちは小生の心の葛藤をほかのなによりも心配してくれました。記憶のなかの船乗りはまったく区別がつかないのですが、ひとりだけ、よくやってくる人がいました。ひとりだけのときもあれば、仲間を連れているときもありました。昼も夜も、それこそいろんな時間にやってきました。小生のまえにビンを置いて、レッスンをつけてくれたこともあります。その船乗りは小生のことがわからず、小生という存在の謎を解きあかしたかったのです。ビンのコルクをゆっくり抜くと、こちらを見て、理解したかどうかたしかめました。じつは小生も、目を皿のようにし、燃えるまなざしでその船乗りを見ました。世界広しといえど、このような人間の生徒に、人間の先生が出会うことはないでしょう。コルクを抜くと、船乗りはビンを口にもっていきました。ぐびぐび飲むところも、小生はしっかり見ました。船乗りは小生に満足してうなずき、ビンに口をつけました。そういうことかとわかってうれしくなり、小生はキーキーいいながら、体じゅうをかきむしりました。船乗りはよろこんで、ビンをくわえてぐいっとひと口飲みました。小生はむしょうにまねがしてみたくなり、檻のなかで粗相をしてしまいました。それがまた受けまして、船乗りはビンをぐっと前につきだして乾杯というしぐさをすると、ことさら教師ぶってふんぞりかえりながら、一気飲みしてみせたのです。小生は精も根もつきはててついていけず、檻にしがみつきました。すると船乗りは、これで講義は終えたといわんばかりに腹をなで、にやっと笑いました。

さて、ここから演習のはじまりです。講義ですでに疲れはてたのではないかとお思いでしょう。たしかにくたくたでした。それが定めなのでしかたありません。ビンがさしだされると、ふるえる手でコルクを抜きました。それがうまくいくと、じわじわと新たな力がわいてきました。小生は教えられたとおりにビンをもちあげ、口につけたわけです――そのとたん、うえっとなってしまいました。空っぽでしたが、においがすごかったのです。ぞっとして甲板にビンを投げすてました。先生はがっかりしました。いや、こちらこそがっかりしたといったほうがいいでしょう。ビンを投げたあと、腹をさすってにやりと笑ってみせましたが、先生もこちらも気を取りなおすことができませんでした。

授業はたいていこんな調子でした。先生の名誉のために申しあげておきますが、あの方はけっして腹を立てることはありませんでした。もちろん、ときには小生の手のとどかないところの被毛がくすぶりだすまで火のついたパイプを押しあてることがありました。しかし燃えだすと、大きなやさしい手でちゃんと消してくれました。小生に腹を立ててはいなかったのです。ふたりしてサル根性と戦っていると いっても、小生のほうが荷が重いことを先生はちゃんとわかっていましたから。

それでもある日の晩、勝利のときが訪れました。なにかの宴会で、蓄音機がかかり、士官どのもひとりいっしょにいました。おおぜいの目の前、小生は置き忘れたビンをこっそり手にとり、衆人環視のなか、学んだとおりにコルクを抜いて、口へもっていき、ためらうことなく、口をへの字にすることもなく、酒飲み然として目をむいて、ぐびぐびとのどを鳴らして飲みほしたのです。それからビンを投げすてました。もちろんやけをおこしてではなく、受けをねらってです。腹をさするのはうっかり忘れましたが、気分が高揚し、あっと思ったときには、あっさり「ハロー！」とさけんでいました。人間の声でした。その声とともに、船乗りたちの仲間入りをはたしたのです。すると「おい、聞いたか、こいつ、人間のことばをしゃべったぞ！」という声が返ってきました。汗だくになった小生の体は、さながらキスを浴びているようでした。

かさねて申しあげますが、人まねに魅力を感じたわけではありません。活路を見いだしたい一心だったのです。それ以外に理由はありませんでした。いま話した勝利もたいしたことではありませんでした。すぐに声がでなくなりましたし。ふたたび人間のことばがいえるようになったのは、何ヶ月もたってからです。そのあいだに酒嫌いは輪をかけてひどくなりました。しかし小生の進むべき道は、これで定まりました。

ハンブルクでさいしょの調教師に引きわたされたとき、ふたつの選択肢があることに気づきました。動物園か演芸場です。迷いはなかったですね。なんとしても演芸場に行くぞ、と自分にいいきかせました。そこそがおまえの行く場所だ、動物園へ行けば、新たな檻が待っているだけ、万事休すだ、と。

そして小生は学んだのです、みなさん！　必要にせまられれば、学ぶものです。活路を見いだしたければ、学ぶものでしょう。それこそ、がむしゃらに学びました。自分にムチ打ったほどです。すこしでもなまけ心が芽生えれば、自分を責めさいなみました。サル根性が、脱兎のごとく小生から逃げだしました。つきあってくれたさいしょの先生など、自分のほうがサルのようになり、授業にならなくなって、とうとう精神科病院に放りこまれてしまいました。さいわいなことに、先生はすぐに退院しましたが。

それにしても、たくさんの先生の世話になりました。一度に何人もの先生についたこともあります。自分の能力に自信をもつようになり、世間が小生の進歩に注目して、かがやける未来がひらけると、小生は自分で先生を選びました。となりあわせの部屋五つにひとりずつ待機してもらって、部屋をわたり歩きながら、五人から同時に教わったりもしました。

めざましい進歩だったといえます！　覚醒した脳に、あらゆる方面から知の光がさしたわけです！　嘘偽りなく、小生は幸福でした。しかしそれでも、思いあがることはありませんでした。あのときもそうでしたし、いまもってその気持ちに変わりはありません。だれにもまねできないほどの努力を積み重ねて、とうとうヨーロッパ人の標準的な素養を身につけました。そのくらいではたいしたことではないかもしれません。しかし檻から解き放たれ、人間になるという特別な活路を見いだしたことは、それなりの成果だったといえます。ドイツ語にちょうどいい言い回しがありますね。「やぶにまぎれる」。「姿をくらます」という意味です。小生はそれを実行し、やぶならぬ、人込みにまぎれたわけです。これしか道はありませんでした。自由を選ぶことはできないという前提がありましたから。

さて、これまでの経過と到達点を概観しますと、不平はありませんが、納得はしていません。ズボンのポケットに手をつっこみ、ワインのビンを机に置き、ゆり椅子に横になるでもなく、しっかりすわるでもない恰好でゆられながら、窓の外をながめる。お客が来れば、それなりにおつきあいします。控え室に付き人がいて、鐘を鳴らすと、やってきて、小生のいう通りにしてくれます。日が暮れると、たいてい公演があり、これ以上ない成功をおさめます。夜遅く宴会や学会の集まりや楽しいパーティーから帰宅すると、調教途中のかわいいメスのチンパンジーが待っています。小生はサルの流儀でそのメスと楽しみにふけります。ただし日中は、メスを見たくもありません。調教されて錯乱した動物の目をしているからです。それがわかるのは小生だけです。そしてそれが耐えられないのです。

だいたいのところ、望んだことは達成しました。努力する価値などなかったとは、どうかおっしゃらないでください。そもそも人から評価を受けたいとは思っていません。ただ知見を広めたいだけで、それを報告しているにすぎません。学会のお偉い先生方、これにてみなさんへの報告を終わります。

掟(おきて)の前

Vor dem Gesetz

掟の前に門番が立っている。その門番のところへ、ひとりの田舎者がやってきて、なかに入れてくれとたのんだ。門番はいった。

「いまは入れるわけにいかないな」

男は考えてたずねた。

「あとで入れてくれますか」

「ああ、いいとも。だがいまはだめだ」

掟の門はいつもどおりあいていて、門番はわきにどいた。男は身をのりだして、門のなかをのぞいた。それを見て、門番が笑った。

「そんなに入りたいのなら、おれにかまわず、入ったらいいではないか。だがいいか。おれは強いぞ。門番のなかでも一番の下っ端だがな。広間を通るたびに門番がいて、どんどん強くなっていく。三人目の門番など、おれでも見ただけで腰を抜かすほどだ」

田舎者は、これはやっかいだぞと思った。掟の門はいつでもみんなにひらかれているはずなのに。

男は毛皮の外とうを着た門番をまじまじと見た。とがった大きな鼻、ひょろっとした長い韃靼風の黒ひげ。男は入るゆるしがもらえるまで待つことにした。

門番は男に小さな腰掛けを与えて、門のわきにすわっているようにいった。男はそこに何日も、いや、何年もすわりつづけた。ゆるしをもらうため、八方手をつくし、門番にうるさがられるほど頼みこんだ。門番は何度か話をきいてくれることがあった。故郷のことなどいろいろきいてきたが、えらい人がするような形ばかりの質問だった。そしてけっきょくいつも、まだ入れてやるわけにはいかないといった。

男はこの旅でたくさんのものを携えていた。それも使ってみた。これだけ高価なものをさしだせば、門番も目をつむってくれるだろうと期待して。

門番はすべてふところに入れたが、返事はいつもこうだった。

「こうやって受けとれば、やるだけのことはやったと思えるだろう」

何年ものあいだ、男は門番からほとんど目を放すことがなかった。ほかにも門番がいることを忘れ、この第一の門番が掟に入るのをじゃまする唯一の障壁だと思うようになった。なんてついてないんだと男は嘆いた。さいしょの数年は見境なく大きな声で。だが年をとると、ぶつぶつつぶやくようになった。男は子どもっぽくなった。長年、門番を観察するうち毛皮のえりに巣くったノミに気づくと、どうか助けてくれ、門番を説得してくれ、とそのノミにまで頼んだ。

そのうち視力が落ち、まわりが本当に暗くなったのか、自分の目にだけそう見えるのかわからなくなった。すると今度は、暗がりのなかにかがやくものが見えた。掟の門からもれだすそのかがやきだけは消えなかった。とうとう人生の終わりが近づいた。命つきる直前、男は頭のなかにこれまでの人生でたくわえたすべての経験を結集し、まだ門番にしたことのない質問をすることにした。もはや体がいうことをきかなかったので、門番を手招きした。門番はかがみこんだ。男にはかわいそうだが、ふたりの大きさはそれほどにちがってしまったのだ。

「まだなにか知りたいのか？」門番はたずねた。「しつこい奴だ」

「みんな、掟を求めてやまないのに。何年ものあいだわたし以外のだれも入るゆるしを求めなかったのはなぜですか？」

男のさいごが来たとわかった門番は、その消え入ろうとする耳にも聞こえよとばかり、声をはりあげた。

「この門に入るゆるしがえられるのは、おまえ以外にいなかった。この門はおまえのためと定められていたんだ。さあ、おれはもう行く。門を閉じる」

訳者あとがき

フランツ・カフカは百年ほど前に生きていた作家です。一八八三年にチェコのプラハに生まれ、一九二四年、ウィーン近郊のサナトリウムで世を去りました。

生きている間に発表したのは作品集や短編・中編が七冊だけ。長編も知られていますが、すべて未完です。それでも読みつがれている不思議な作家です。その魅力はなんでしょう。カフカの作品は不条理な文学として知られています。不条理というのは、日頃規範にしている道理が通らないことを意味します。生きづらい不条理のその先には「絶望」という言葉がちらつきますが、あまりに絶望的だと笑うしかなくなるときがありませんか。カフカはそういうつきぬけ方をした作家といえます。

本書は、生前発表した作品が九編、没後、マックス・ブロートという友人が発表した作品が五編、ほか一編の遺稿となっています。遺稿については、カフカ自身は作品を書きつけた手帳を焼きすてるよう遺言をのこしたのに、ブロートが意に反して発表したという経緯があります。そしてブロートが発表した作品には改変箇所があったり、無題にタイトルがつけられたりしたケースがあります。「出発」「橋」などタイトルはブロートがつけたものを踏襲しましたが、本文はカフカの手稿に忠実な新校訂版全集を底本にしました。

短編の選択と配列は、カフカ特有のテーマをいくつか想定し、その前後を読むことで、そのテーマがそこはかとなく浮かぶように考えたつもりです。

一番重視したテーマは「旅」です。旅は人生のたとえによく使われますが、今回選んだ「旅」は、「出発」にはじまり、「掟の前」でおわる人生の物語です。それと同時に、カフカにとって「旅」は「書くこと」そのものだったといえます。旅の目的地ではなく、旅にでること自体が大事だとする「出発」は、「判決」の主人公が書いたままださずに終わる手紙にも通じるでしょう。皇帝のメッセージがいつとどくかわからない「皇帝の使者」、馬車に乗せられて、あてもなく消えていく「田舎医者」もその典型。カフカの作品には長編小説をはじめ未完が多いものの、書きだすときの熱量が大きいのは、書きたいという衝動の大きさゆえです。

カフカの「旅」が未完で終わることが多いのは、旅の途上、異なる価値観の板挟みにあうからです。父との軋轢から生まれる人生観や、キリスト教世界のヨーロッパでユダヤ人として生きるがゆえの世界観など、カフカが実人生で体験した矛盾が背景にあるようです。おなじ独楽を見つめる子どもと学者のまなざしのずれや、「ある学会報告」の人間となったサルの体験談もそこから生まれた風刺ですし、新任司令官と将校の価値観のちがいに流刑地からほうほうの体で逃げだす旅行者の思いもカフカのものと重なるでしょう。ヒツジとネコの相反する特性が同居する「雑種」に面食らう「ぼく」もしかり。ときには茫然自失し、ときには苦笑いするしかない、そんな読後感がカフカ文学のおもしろさです。どうぞお楽しみください。

二〇一八年七月　　酒寄進一

世界ショートセレクション ❾

カフカ ショートセレクション
雑種

2018年8月　初版
2021年8月　第4刷発行

作者　フランツ・カフカ
訳者　酒寄進一
画家　ヨシタケ シンスケ
発行者　内田克幸
編集　郷内厚子
発行所　株式会社 理論社
〒101-0062 東京都千代田区神田駿河台2-5
電話　営業03-6264-8890 編集03-6264-8891
URL https://www.rironsha.com
デザイン　アルビレオ
印刷・製本　中央精版印刷
企画協力　小宮山民人　大石好文

Japanese Text ©2018 Shinichi Sakayori Printed in Japan
ISBN978-4-652-20247-0　NDC943　B6判　19cm　207p
落丁・乱丁本は送料当社負担にてお取り替えいたします。
本書の無断複製（コピー、スキャン、デジタル化等）は著作権法の例外を除き禁じられています。私的利用を目的とする場合でも、代行業者等の第三者に依頼してスキャンやデジタル化することは認められておりません。

| 作者 |

フランツ・カフカ

Franz Kafka

1883年、当時オーストリア＝ハンガリー帝国領・プラハのユダヤ人の商家に生まれる。プラハ大学で法学を学んだのち、労働者災害保険協会に勤めながら執筆活動を行う。生前は『変身』など、数作品が知られるほどだったが、死後『審判』『城』『アメリカ』などで注目を集め国際的に名声が高まる。現代実存主義文学の先駆者といわれ、第二次世界大戦後の文学に大きな影響を及ぼす。1924年没。

| 訳者 |

酒寄進一

Shinichi Sakayori

1958年茨城県に生まれる。上智大学、ケルン大学、ミュンスター大学に学び、新潟大学講師を経て、現在和光大学表現学部総合文化学科教授。『砂漠の宝』で産経児童出版文化賞を、『犯罪』で本屋大賞特別企画「翻訳小説部門」の大賞を受賞。ほか訳書に「ネシャン・サーガ」シリーズ『春のめざめ―子どもたちの悲劇―』など多数ある。

| 画家 |

ヨシタケ シンスケ

Shinsuke Yoshitake

1973年神奈川県に生まれる。筑波大学大学院芸術研究科総合造形コース修了。『りんごかもしれない』で産経児童出版文化賞美術賞、MOE絵本屋さん大賞第一位（『なつみはなんにでもなれる』ほか本賞は四度受賞）などを、『このあとどうしちゃおう』で新風賞を受賞など。ほか作品多数。